LA TIERRA DE NADIE

Date Due

DEC 19 2012			
JAN 30 2013			
Dec 18	JK		
OCT 24 2014			
OCT 30 2014			

ALFONSO MARTÍNEZ-MENA (nacido en Alhama de Murcia) es abogado, periodista y crítico literario («Pueblo», «Radio Cadena Española», etc.). Está considerado como uno de los grandes cultivadores del relato breve. Aparte del «Premio Nacional de Literatura Infantil», 1981, concedido a *La tierra de nadie,* que tenéis en las manos, ha obtenido treinta y tantos galardones literarios, de novela y relatos, entre ellos el «Sésamo», «Gabriel Miró», «Familia Española», «Ciudad de Barbastro», «Ciudad de Murcia», «Villajoyosa», «Serem», «Los Llanos», «Alvarez Quintero» de la Real Academia Española, «Hucha de Oro»..., y ha publicado diez libros, dos de ellos de carácter juvenil: *El espejo de Narciso,* accésit al Premio Doncel, y *El arca de Noé,* Cuadro de Honor de Literatura Infantil Española, 1973.

Otras obras suyas son las novelas: *El címbalo estruendoso, Introito a la esperanza, Las alimañas* y *Conozco tu vida, John,* además de volúmenes de relatos como: *El extraño* y *Antifiguraciones.*

Sus relatos, traducidos a varios idiomas, están recogidos en diversas antologías nacionales y extranjeras, así como en libros de texto de E.G.B. y de Universidades norteamericanas.

FUENCISLA DEL AMO nació en 1950. Profesora de Dibujo por la Escuela de Bellas Artes de San Fernando, ha ilustrado *La nueva ciudad,* de Javier del Amo, *Los cuentos escritos a máquina,* de Gianni Rodari, *Feral y las cigüeñas,* de Fernando Alonso, y *Las manos en el agua,* de Carlos Murciano. Obtuvo en el año 1981 el Segundo Premio Nacional de Ilustración que concede el Ministerio de Cultura.

ALFONSO MARTÍNEZ-MENA

LA TIERRA DE NADIE

Primer Premio Nacional de Literatura Infantil 1981

EDITORIAL NOGUER, S. A.
BARCELONA · MADRID

Quinta edición: noviembre 1990
Cubierta e ilustraciones: Fuencisla del Amo
RESERVADOS TODOS LOS DERECHOS
(C) Alfonso Martínez-Mena, 1981
(C) Editorial Noguer, S.A., Paseo de Gracia, 96, Barcelona, 1982
ISBN: 84-279-3134-4
Impreso en España por Gráficas Ródano, S.A., Viladecans
Depósito legal : B- 7214 -1990

Para María, Juan Bautista y Alfonso,
mis hijos,
en los que creo firmemente.

LA BUHARDILLA

Los chicos le teníamos muchísimo respeto al desván. Miedo sería la palabra exacta. Toda la tercera planta de la casa era desván; desván, buhardilla o cámara alta, como indistintamente se llamaba a aquellas tres estancias bajo el tejado, que constituían una especie de estiramiento del edificio hacia arriba, como en presunción de destacar sobre el resto de los del pueblo, de una o dos plantas, casi todos de una, y cámara de suelo sin enlosar, donde se alineaban profusamente los blanqueados trojes para almacenar las cosechas de grano: trigo, cebada, a veces avena; y también la de almendra o maíz. En lo alto, colgadas sobre cañas pendientes del techo, racimos de uvas que se llenaban de polvo mientras se convertían en pasas que luego nos gustaría comer fuera de época.

En una de las piezas de la tercera planta estaban al descubierto las vigas de madera, rudimentariamente desbastadas, y el entramado de cañas y yeso que servía de apoyo a las tejas, y, además, era tan baja de techo que por un extremo apenas se podía estar de pie, y por el opuesto ni siquiera de rodillas; había que tenderse para llegar a la pared. Me refiero a las personas mayores, claro.

Allí, en la parte más escondida de la cámara alta, reinaba siempre la oscuridad. La habitación de afuera tenía una ventana más bien pequeña, pero la de techo bajo era absolutamente interior; sólo entraba la claridad a través de la puerta, tan hinchada de humedad que no podía cerrarse, y por el otro extremo, digo, ni siquiera se abría paso la penumbra, ni podía verse con cierto detalle por más que los ojos intentaran acostumbrarse a la falta de luz. Cuando había que entrar allí, muy de tarde en tarde, a buscar algún trasto arrumbado, a almacenar una nueva inutilidad, o a comprobar cómo andaba el techo de goteras para darle un repaso a las tejas, lo hacían, primero con faroles de petróleo, y más tarde con linternas. Nosotros nos imaginábamos lo que podría haber en aquel apartado rincón, pero jamás nos atrevimos a presenciar una de esas operaciones que iluminaban, siquiera fuera momentáneamente, lo que teníamos aceptado como la «oscuridad».

La tercera habitación no se comunicaba con las otras dos. Tenía su puerta independiente en el rellano de la escalera, junto al terminal de la barandilla de hierro, pintado de un gris plomo que parecía negro; una puerta que nunca se había abierto. Podía ser un recinto amplio o pequeñísimo; podía estar repleto de cosas o vacío por completo. Lo cierto es que nos inquietaba enormemente haciéndonos recordar la historia de Barba Azul, y no porque estuviera prohibido abrir la puerta, sino porque, sencillamente, no recordábamos que se hubiera hecho, y ni siquiera sabíamos si existía llave para hacerlo. Por cierto que la llave tendría que ser muy grande a juzgar por el tamaño del ojo de la cerradura.

Doce escalones más abajo estaba la Tierra de Nadie, o cámara baja, o simplemente cámara, que ocupaba toda la extensión del edificio. Estancias a diversos niveles, como si hubieran sido construidas sin orden ni concierto, en épocas distintas y sin proyecto previo, obedeciendo a necesidades de expansión; tan pronto había que subir un escalón como bajarlo para pasar de una pieza a otra. La casa era muy grande, con tantas habitaciones, corrales, cocheras y patios

8

que hacía absolutamente innecesario el uso de la cámara, salvo para guardar trastos y apilar las cosechas como todas las demás familias del pueblo. No se tiraba nada. Te podías encontrar con el arcón de los juguetes viejos, con la cuna de madera de no se sabe quién, con la enorme jaula de un loro o con las losas que sobraron del último arreglo de cualquier habitación. Cajones llenos de libros antiquísimos; hierros de marcar el ganado; arrumbados antepasados cubiertos de polvo, ceñudos o sonrientes tras su historiados marcos de escayola con purpurina o pan de oro barato, que no sé qué pensarían del abandono en que se les tenía...

Junto a la puerta de entrada —una sólida puerta de cuarterones cuya cerradura siempre rechinaba, que tenía tendencia a cerrarse, por lo que inmediatamente le apoyábamos una vieja silla dejada para tales usos, ya que el miedo con la puerta abierta era menor— se abría un agujero que atravesaba el muro a ras del suelo: la gatera. Por allí se colaban los mininos de siempre al acecho de los muchos ratones que campaban por sus respetos, y además llevaban las de ganar, porque entre tanto trasto como se almacenaba, para mantenerse a salvo les era más fácil encontrar un estrechamiento por el que cabían ellos y no los gatos.

Esa Tierra de Nadie era la nuestra. El lugar de refugio durante las largas horas de siesta del verano, cuando la canícula aplastante asolaba las calles y, nosotros, cerrado el colegio por las vacaciones, disponíamos del día entero para jugar sin descanso a todo lo imaginable. Allí hacíamos nuestros potingues con azúcar y sal de frutas que producía una efervescencia perfecta para imitar las pócimas del Doctor Hyde; jugábamos al hombre Lobo o Frankenstein... Era curioso que escogiéramos lo que más pavor nos producía. Claro que esto con la puerta abierta y a plena luz.

Preferíamos a Merlín antes que a Flash Gordon, aunque aquellas revistas, «El Aventurero» y «Yumbo», coleccionadas mucho antes por nuestros hermanos mayores, nos abrían los ojos al asombro y nos embebían horas y horas con las peripecias de los hombres de Ming, los Halcones, el Dr. Zarcof o las aventuras de Paco Pereda, el deportista, lo mismo que con las del Hombre Enmascarado, Jorge y Fernando... Por el elefante «Yumbo» sentíamos simpatía, pero sólo eso. No era cosa que nos interesara especialmente.

Otras veces organizábamos airosas cabalgadas sobre las viejas sillas de montar colocadas en caballetes de madera. Pero eso siempre traía conflictos, pues como las monturas eran dos y normalmente nos reuníamos cuatro o cinco en nuestra Tierra de Nadie, había disputas sobre a quién le tocaba contorsionarse a lomos del sobado cuero para simular cabalgadas y corvetas al estilo de los grandes héroes de las películas del Oeste americano, que en mi pueblo se decía «de caballistas». Más divertido era galopar de verdad a fuerza de piernas por las calles, a horcajadas sobre una simple caña que, con desbordante imaginación, resultaba mejor corcel que el caballete de madera con su montura, porque éste nos condenaba a la inmovilidad; o las carreras de aros, diestramente dominados por algunos chicos que hacían malabarismos subiendo y bajando aceras o dando curvas cerradísimas en las esquinas durante las competiciones que organizábamos. Lo de las sillas de montar, insisto, era lo que menos nos gustaba, sobre todo porque mi hermano y yo, precisamente porque estábamos en nuestra casa, teníamos que ceder el puesto a los amigos más veces de la cuenta y, la verdad, no era cosa de aburrirse mientras los otros recorrían kilómetros de praderas con indios, búfalos y caravanas de granjeros camino de California.

Pero las sillas de montar son importantes. Una de ellas, o las dos, habrían sido de «Jacobo»; y para nosotros, Jacobo, era un caballo muy serio del que habíamos oído hablar mucho y bien.

También se encontraban entre los trastos de la cámara baja los asientos de gutapercha (¿qué personaje de Julio Verne llevaba en la cabeza un remiendo de gutapercha?) de un desaparecido «Ford». Me imagino que sería un «Ford T». Puestos uno tras otro nos servían para hacer imaginarios viajes, atravesar desiertos, disparar contra las fieras de la selva, librarnos a fuerza de velocidad de los beduinos asaltantes de viajeros y ganar carreras a otros coches más imaginarios todavía. Y lo bueno era que todos podíamos conducir a tiempo. Bastaba con hacer ruido con la boca y simular los cambios de marcha o las explosiones del motor.

Aquel escenario estaba perfectamente delimitado en dos campos. En el común de la Tierra de Nadie era fácil pasarlo bien y olvidarse un tanto del aislamiento y del silencio, al menos hasta que empezaban a caer las primeras sombras de la tarde, o sólo a desaparecer el sol de las habitaciones, varias y sin puertas todas ellas, de forma que parecía un único y laberíntico gran teatro de actividades; porque al marcharse el sol, cuanto había comenzaba a cobrar vida, y, sin comentarios innecesarios, decidíamos trasladar el escenario de operaciones a la calle. El otro campo era el de la tercera planta, el oscuro y tenebroso al que raramente me decidía a asomarme, y yo solo. Quizá lo hiciera precisamente porque me costaba mucho contener el miedo que me inspiraba subir los doce escalones.

Lo primero que había tras la puerta abierta de arriba era un gran cajón lleno de aparejos de toda índole. Eran los arreos del «simón», del cabriolé, de la tartana..., de todos los vehículos que habían usado mis abuelos y ya resultaban inútiles por causa de la moda y la comodidad del automóvil.

Pregunté y supe cuáles eran los bocados de «Jacobo». Lo supe a través de mi abuelo, que gozaba contándome las historias que le había contado el abuelo Juan Bautista Alarcón, el cual, si narró las cosas como hasta mí han llegado, era un hombre con buena disposición para haberlas escrito por sí mismo. Pero por lo visto no tuvo ínfulas literarias, y sí un nieto que de jovenzuelo anduvo en la guerra de Cuba, de la que trajo tristes recuerdos del desastre y unas fiebres malignas que le atormentaban en las primaveras.

Este nieto de mi tatarabuelo se llamaba también Juan Bautista, y jamás contó historia alguna de las que sin duda vivió en la manigua cubana, como suelen hacer con grandes adornos y cierta exageración los combatientes de todas las contiendas bélicas y, por supuesto, los cazadores.

Si el tatarabuelo Juan Bautista Alarcón hubiera tenido pretensiones literarias, a buen seguro le habría sonsacado a su nieto sus correrías de la guerra de Cuba y compuesto un libro con las peripecias verdaderas y las añadidas por él mismo sobre las del narrador de primera mano; e incluso no habría tenido necesidad de hacérselas contar, pues noche tras noche (mientras le daba vueltas y vueltas a su Biblia, tanto que se la sabía de memoria, cosa muy poco común entre las gentes de su tiempo y condición) se quedaba a velar a su nieto, pudiendo conocer así mucho de lo que, aunque no muy hilvanado, hablaba en sus delirios febriles el que andando el tiempo llegaría a ser mi bisabuelo.

Diré que el tatarabuelo, especialmente durante los últimos años de su vida, era muy dado a contar historias, y que daba la impresión de tenerlo todo grabado en imágenes, tal como se hacía en su época, aunque él no lo supiera, con un aparato llamado daguerrotipo que fijaba en chapas metálicas convenientemente preparadas cuanto se ponía delante del objetivo, y había inventado un físico francés llamado Luis Jacobo Mandé, conocido por Daguerre (de ahí lo de daguerrotipo), que con su artilugio fue el precursor de la fotografía actual.

También diré que el tatarabuelo era hombre alto, de anchos hombros, cabellos y barba completamente canos y ojos profundos y acerados. Lo sé porque se ha venido contando de generación en generación hasta mí.

A este primer Juan Bautista Alarcón le gustaban los caballos y la caza, y tenía ciertos ribetes de aventurero, aunque pocas veces sobrepasara los límites del término municipal del pueblo en que vivía y hemos vivido todos sus descendientes hasta el presente, con la salvedad de su nieto, el de la guerra de Cuba, al que sin duda admiraba entrañablemente por haberse atrevido a cruzar el charco y correr en la isla del azúcar y el tabaco las aventuras que nunca contaba sino en sus accesos de fiebre. Bueno, en realidad no es cierto que jamás abandonara los límites del pueblo. La verdad es que un buen día se decidió a correr su pequeña aventura. Parece ser que estaba paseando por la carretera cuando pasó una diligencia que se detuvo unos momentos. En ella viajaba un conocido del pueblo vecino, y al decirle a mi tatarabuelo que iba a Madrid, se le ocurrió añadir, «¿te vienes?». Sin pensarlo dos veces se encaramó en el carruaje y no supieron de él en mes y medio. Creyeron que había desaparecido, que había muerto. Se hicieron infinidad de suposiciones; se dio parte a la Guardia Civil... Total, que cuando le pareció bien regresó tan campante; como si no hubiera pasado nada ni transcurrido sino unas horas.

Añadiré por último que ese Juan Bautista Alarcón vivió ciento cinco años (llegaron a haber cuatro Juan Bautistas en línea directa conviviendo juntos) y tan en plena posesión de sus facultades, que seguía ocupándose personalmente del gobierno de su hacienda y no había en veinte leguas a la redonda quien le aventajara en conocimientos de agricultura. Tenía lo que se dice «ojo clínico». Si él decía que nevaba, todo el mundo a callar: ¡nevaba! ¡Bueno si nevaba...! Y la gente acudía a él para saber cuándo y qué había que sembrar, y qué árboles eran adecuados para cada terreno, y qué día exactamente había que empezar las labores de siega o labranza.

Pero vamos a la historia que le contó a mi abuelo, como ha llegado hasta mí, que parece ser tal y como él la contó.

MARCOS ALEDO
(habla mi tatarabuelo)

Don Marcos Aledo es uno de los dos médicos que existen por estos contornos y el más estimado por los lugareños. Por cierto que es Doctor. Doctor en Medicina y Cirugía. Su otro colega es Licenciado; aunque en verdad da lo mismo, ya que a ambos les llaman «el médico» tras su nombre de pila, con el don delante, eso sí. Don Marcos hace sus visitas profesionales a pie, o en un cabriolé pintado de azul todo él menos los radios de las ruedas y los cubos. Los cubos están pintados de negro, y los radios de rojo anaranjado que pierde tono y brillo cuando se recubren con el polvo de los caminos.

—¡Hola, Juan Bautista! —me dijo esta mañana—. ¿Cómo va el enfermo?

—A la paz de Dios, Marcos Aledo —le contesté—. Anoche estuvo más tranquilo.

—¿Ves? ¡Si ya te lo decía yo!

El médico apareció esta mañana en su cabriolé, y me hablaba desde el pescante.

—¿No entras a verlo? —le animé.

—Pues claro que lo veré. A eso he venido.

—Como vas en cabriolé pensé que no te apearías.

—Bueno, es que quiero acercarme a las Flotas de Butrón. Tengo que visitar a un muchacho enfermo de viruelas.

15

—¿Hay epidemia, Marcos?

—¡Qué va! Un caso aislado, y leve.

Mientras me decía esto observé que no llevaba enganchada al cabriolé la mula torda de siempre, sino un caballo de cierta alzada y buena pinta, de capa blanca y larga crin, que movía pausadamente su abundante cola espantándose las moscas.

—¿Y la mula, Marcos?

—¿La mula?

—Sí, hombre, tu mula torda.

—¡Ah! Mi mula... Se ha debido transformar en caballo durante la madrugada.

Yo me di cuenta que Marcos, el médico, no quería hablar del caballo, y me figuré por qué.

—¿Cuánto te ha costado? —le pregunté.

—Buenos dineros, Juan Bautista, buenos dineros. Pero, ¿no vamos a ver a tu nieto?

—Sí, claro... Vamos.

Marcos Aledo anudó las bridas al pomo del farol y, de un salto, sin usar el estribo, se plantó ante mí.

—Estás ágil —le dije.

—Ya sabes que me cuido. Hago mi gimnasia todas las mañanas. Además, soy más joven que tú.

—Seguramente. Pero nadie te quita los sesenta.

—¿Sesenta? ¡Qué va!

Marcos Aledo es un hombre estirado. Viste un traje de paño gris, impecable, botas de punta aguda bien lustradas y sombrero flexible. Por uno de los bolsillos del chaleco le asoma una leontina.

—Estoy más cerca de los cincuenta que de los sesenta. Por otra parte, cada hombre tiene la edad que representa.

Marcos Aledo estuvo en América. No sé muy bien si en América del Norte o en América del Sur, porque América es muy grande y varía. Lo cierto es que se fue a hacer fortuna y

no la hizo. Claro que tampoco tenía que hacerla, porque unas tías suyas le dejaron aquí toda su herencia, que era grande, a cambio de que volviera con ellas. Así que de América —va para veinte años— no trajo sino una especie de niebla de mar en los ojos —no usa lentes— y la afición al café sin azúcar, cuando, la verdad, todo el mundo dice que en América se toma el café muchísimo más dulce que aquí. Trajo eso y su obsesión por la higiene corporal. Lo de la gimnasia y otra cosa.

Y es que lo primero que hizo al regresar e instalarse en casa de sus tías, en el centro de una gran finca de naranjos a las afueras del pueblo, fue montar un artilugio que escandalizó a tías, vecinos y cuantos se enteraron de la rareza. Él dijo que era una ducha, y todas las mañanas, hiciera frío o calor, se ponía debajo de aquella especie de rociadera que, sobre todo en invierno, debía soltar un agua tan helada que le obligaba a simular canturreos mientras se frotaba el cuerpo con las manos intentando entrar en calor.

Tales hábitos eran más que suficientes para proporcionarle fama de excéntrico, y, como además era tan estirado, tan pulcro y tan amable con todo el mundo, no faltó quien pensara tomarlo a chirigota creyendo que era un petimetre asustadizo. Así Pedro Bárcenas, que tenía a orgullo ser el más bruto de los contornos, y además gustaba de las bromas pesadas, que sus amigos le toleraban por miedo a su enorme fuerza (era capaz de doblar los hierros de una ventana como un García de Paredes cualquiera), disfrazado con una sábana blanca y una calabaza seca en la que había abierto sendos agujeros para simular los ojos y la boca iluminados con una vela, le esperó escondido tras unos zarzales que hay a orillas del camino que conduce a la casa de Marcos Aledo. Tenía el propósito de asustarle, apareciéndosele como si fuera un fantasma.

Lo malo fue que Marcos Aledo no se arredró, y al toparse con aquel estrafalario envuelto en sábanas y con calabaza por cabeza, sacó un pequeño revólver que solía llevar consigo y disparó al aire. El improvisado fantasma, cuyo atuendo no era suficiente para impresionar al médico, salió corriendo como un desesperado, dándose de bruces contra la espinosa cerca de una de las fincas, donde quedó la sábana hecha jirones al tiempo que rodaba la calabaza por el camino. Sintió el aparecido una punzada en el hombro, y palpó la sangre que le pareció se le escapaba a chorros, de forma que, sin dejar de correr ante el temor de nuevos disparos, gritaba atronadoramente: «¡Don Marcos, don Marcos, no se asuste, que soy yo!» Y como Marcos Aledo continuara su camino tan campante y Pedro Bárcenas siguiera notando la sangre que le manaba del hombro, cambió sus gritos por los de: «Amigos, si mañana aparezco muerto, don Marcos Aledo me ha matado».

Tan repetidamente lanzaba sus exclamaciones y con tan potente vozarrón que muchos vecinos le oyeron, incluso a gran distancia, por lo que todo el pueblo vino a enterarse de la peripecia para a la mañana siguiente tener un motivo de burla contra el avergonzado bruto de Bárcenas que, al comprobar la levedad del arañazo causado por los espinos de la valla, hubiera querido que se lo tragara la tierra.

Con aquello Marcos Aledo ganó muchos puntos en la estimación de sus paisanos, que no volvieron a atreverse con él y dejó de parecerles un lechuguino. «Caramba con Marcos; es un tipo con arrestos.»

Cuando el suceso del fantasma frustrado Marcos Aledo era muy joven. Estaba recién venido de América y la gente no le conocía bien. Luego fue adquiriendo prestigio como profesional y como hombre. Se casó, enviudando a los pocos años de nacer su única hija, a la que, a pesar de que las tías querían ocuparse personalmente de ella, envió interna a un colegio de la capital.

Marcos Aledo entró conmigo en la casa para ver al enfermo. Le tomó el pulso. Le puso el termómetro. Le gastó alguna broma para animarlo, y al terminar la visita me dijo:

—O mucho me equivoco o tu nieto está muchísimo mejor. Creo que no hay que preocuparse. Lo que tiene que hacer es casarse, y ya verás cómo le desaparecen las fiebres.

—¿Tú crees?

—Y hasta lo receto. Es la mejor medicina.

—Mira que recomendar tú el matrimonio...

—¿Y por qué no?

—Hombre... Un viudo que no ha querido volverse a casar a pesar de las buenas oportunidades que se le presentaron cuando todavía era joven, no parece el más indicado.

—Bueno, pero es que yo no tengo fiebres —bromeó el médico mientras salíamos hasta la calle.

Estábamos de nuevo junto al cabriolé.

—Pues lo casamos. Si tú lo prescribes, lo casamos. ¿Y del caballo, qué me dices?

—¿Qué quieres que te diga?

—No creo que valga gran cosa, pero me gusta; aunque sea la mula torda transformada. Además, a ti te va mejor un animal más dócil. Este caballo se merece una silla.

—Tú sabes que no monto desde hace mucho tiempo.

—Pues por eso.

—Anda, Juan Bautista, ¡si tienes media docena de caballos!

—¡Qué va! Sólo dos.

—Más de los que necesitas. Tampoco tú estás para muchos trotes.

—Es que este tuyo...

Me había caído bien, ¿sabes? No sé por qué, pero aquel caballo me interesó desde el primer momento. Y con el paso del tiempo aumentó mi interés. Seguramente porque no veía a Marcos con intención de desprenderse de él. Pero yo seguí insistiendo sin desánimo cada vez que se me presentaba la ocasión.

Tenía Marcos Aledo fama de buen médico. Creo que gran parte de esa fama le venía de las minutas. De las no minutas, mejor, porque Marcos Aledo era un médico altruista cien por cien. Como no necesitaba ganar más dinero, solía conformarse con las gracias como todo pago por parte de sus enfermos. Por lo que a mí respecta he de decir que pocas veces recurrimos a él: para que ayudara a venir al mundo algún crío, y por supuesto durante la enfermedad de mi nieto, con el que acertó tan plenamente que terminó dejándolo como nuevo. Nunca consintió en cobrarnos ni un céntimo por sus servicios.

Pero a mí no se me olvidaba lo del caballo. Yo creía que era un regalo de sus tías, que pensaban que la mula torda era poca cosa para tirar del cabriolé de un médico, y menos si el médico era su sobrino. Me equivoqué.

LOS CÍNGAROS
(Sigue el tatarabuelo hablando por voz del abuelo)

En las proximidades de la finca donde vivía Marcos Ale-do, un par de kilómetros alejada del pueblo, por el mismo camino donde se le apareció el bruto de Bárcenas vestido de fantasma, con ya sabes qué resultado, una buena mañana se encontró el médico con que había acampado una familia de cíngaros, con su carromato-vivienda, sus perros y su cabra, amén de un despelechado camello que alteaba constante-mente su balanceante cabeza sin dejar de mover ni un sólo segundo las rumiantes mandíbulas.

Los cíngaros se habían instalado bajo unas oliveras, y Marcos Aledo se acercó curiosamente a ellos, contemplán-doles desde su cabriolé. El carromato de los acampados, pintado de amarillo y rojo, ostentaba un gran letrero que decía: «GRAN TROUPE PINELLI». Eran sin duda artistas nómadas que viajaban de pueblo en pueblo luciendo sus ha-bilidades como medio de ganarse la existencia.

Nada más aproximarse, el que parecía jefe o patriarca del grupo se dirigió al médico sombrero en mano:

—Buenos días tenga usted, caballero.

—Buenos días, amigo —contestó Marcos Aledo.

—Verá... Nosotros somos artistas que vamos de paso, y...

—Ya veo. Se han instalado en mi finca.

—Usted dispense —dijo el viejo de las barbas, que a tales señas respondía quien al médico le había parecido el jefe—. La verdad es que pensábamos acercarnos a la casa a pedir permiso para acampar, pero como llegamos muy entrada la noche...

—Pues, mire: ya no tienen que ir a pedir permiso.

El viejo de las barbas lucía un abundante mostacho con las guías retorcidas hacia arriba. Se había quitado el sombrero con la misma mano que empuñaba una vara flexible con la que golpeaba nerviosamente los pantalones, y en la cintura, debajo de una ancha correa adornada de brillantes clavos atravesando monedas de varios tamaños y procedencias, aparecía su desordenada faja de color azul, de la que sobresalía la labrada empuñadura de un cuchillo y unas descomunales tijeras de esquilador.

—Muchas gracias por su amabilidad, señor. No todo el mundo es tan comprensivo con los de nuestra raza.

Marcos Aledo continuaba tranquilamente sentado en su cabriolé. Desde allí vio al caballo blanco comiendo el pienso que le habían colgado de la cabeza en una bolsa para tales menesteres, y para que no mordisqueara las ramas de los olivos. Un poco más allá, un joven barbilampiño, que vestía pantalón bombacho embutido en historiadas botas y una camisa casi totalmente desabotonada, dejando al descubierto el pecho limpio de vello, con amplias mangas estrechadas en las muñecas, sostenía entre sus manos unos mazos de madera con los que seguramente estaba practicando malabarismos; pero al llegar el médico había dejado su ocupación y quedado expectante de lo que ocurría. Sobre el fuego, un trípode metálico del que pendía una olla de hierro en la que revolvía algo una vieja cíngara, con su pañuelo de colores en la cabeza y grandes aretes pendientes de sus orejas. Parecía toda la compañía aquel terceto.

23

—¿Nos hará el cumplido de aceptar una taza de café, señor?

Marcos Aledo, tras pensarlo un segundo, descendió de su carruaje.

—Sí, muchas gracias, amigo Pinelli.

El médico se acercó hasta el fuego, seguido del viejo cíngaro.

—Anda, mamá: prepáranos café al señor y a mí.

—En seguida, Jacobo.

La cíngara entró en el carromato para salir momentos después con una especie de cafetera que colocó sobre las brasas.

—No tardará en estar dispuesto, caballero.

—Gracias. Muchas gracias.

—Somos una troupe modesta, ¿sabe? —aclaró el viejo—. Aunque no siempre fuimos así. Antes teníamos una buena compañía... Pero entonces yo era joven y tenía ilusiones.

—¿Y ahora no?

—Ahora nos hemos quedado solos. Mi hijo mayor y su mujer se marcharon hace un par de años. Hacían un gran número de magia que gustaba mucho. Y, por si fuera poco, va para quince días que mi hija Anuska no puede trabajar; así que no lo estamos pasando muy bien. Anuska es la animadora del grupo, con sus cantos y danzas, pero...

—¿Qué le ocurre a su hija, Jacobo?

—Sufrió un accidente. ¡Ya me podría haber ocurrido a mí! Así por lo menos podríamos haber seguido trabajando, porque tragar fuego y tocar el violín se puede hacer con una pierna entablillada, pero bailar...

—¿Y cómo fue el accidente?

—Ocurrió durante las pasadas lluvias. El carromato se atascó en un barrizal y todos tuvimos que empujar para sacarlo de allí. La pobre Anuska tuvo la desgracia de resbalar y le pasó una rueda por encima.

El cíngaro parecía muy pensativo y triste mientras hablaba. Se advertía que le disgustaba tener que recordar el percance de la muchacha. Hasta pareció asomarle una lágrima que no llegó a surcar su mejilla, contenida por la voluntad del viejo que no quería parecer débil. Seguramente para disimular su sentimiento volvió la cabeza hacia donde estaba su mujer para decirle:

—Anda, mamá, trae una banqueta para que se siente el caballero. Él es el dueño de estos terrenos, ¿sabes? Ven aquí, Humberto —añadió dirigiéndose al muchacho que permanencía estático, sin intervenir en nada—. ¿Dónde está la niña?

El muchacho se aproximó, conservando entre sus manos los mazos de madera.

—Es mi hijo; mi hijo menor —aclaró el viejo.

El joven cíngaro no necesitó más para saludar con una leve sonrisa y una discreta inclinación a Marcos Aledo:

—¿Cómo está usted, señor?

Conservaba su actitud apuesta, rayana en lo altivo, y sin embargo amable.

—También tú puedes tomar café con el caballero —autorizó el padre.

La vieja había traído unos vasos de aluminio con asas, brillantes de limpios.

—¿Quiere azúcar, señor?

La anfitriona le ofreció el bote del azúcar, tan limpio y brillante como los vasos.

—Sírvase la que quiera. A nosotros nos gusta amargo.

—No, gracias, yo también lo prefiero amargo.

—¿Y la niña? —insistió Jacobo.

—Ahí está —dijo la cíngara—. Bajo el carromato.

Efectivamente, una criatura de cuatro o cinco años, tumbada a la sombra del carromato jugueteaba con un gran San Bernardo paciente y obsequioso con ella.

—Esmeralda, ven, hija. Acércate.

—Es muy vergonzosa —la excusó la madre.

Pero Esmeralda ya salía de debajo del carromato, seguida del perro que no se le separaba ni un palmo.

—¿No serás tú la herida? —bromeó el médico para ganarse la confianza de la niña que se había detenido tímidamente sin decir una palabra, ocupada en acariciar a su perro mientras no le quitaba los ojos de encima a Marcos Aledo.

—No, señor. Es mi hermana. Está en el carromato. Por eso me pongo yo debajo, para oírla si se despierta o necesita algo.

—Eso está muy bien, pero que muy bien, Esmeralda.

Los padres se mostraban complacidos con la actitud de la pequeña.

—Yo, con su permiso, voy a cuidar de Anuska. Tengo que cambiarle los emplastos —dijo la vieja cíngara observando el contenido de la olla de metal que estaba en el fuego.

Dobló varias veces un grueso lienzo blanco y sacó con el cucharón parte del cocimiento que hervía, para confeccionar una especie de cataplasma.

—¿Ha visto algún médico a su hija? —le preguntó el doctor.

—No. El accidente ocurrió en un descampado. De todas formas nosotros solemos curarnos nuestros males sin recurrir a los médicos. Aunque, la verdad...

—¿Qué verdad?

—Pues que no parece mejorar. Es la primera vez que nos sucede una cosa así, y precisamente cuando más la necesitábamos. No es que lo sienta por eso, no. Lo siento porque la pobre Anuska sufre fuertes dolores, y ya lleva demasiados días en ese estado.

—¿Le importa que le eche una ojeada?

—Importarnos, no —dijo el viejo Jacobo, que era el que siempre hablaba como no fuera que Marcos Aledo se dirigiera directamente a alguno de los otros—. Lo que sucede es que a la pobre no le va a gustar que la vean sufrir. Su mayor pena consiste en saber que sin ella no podemos actuar, y necesitamos imperiosamente hacerlo para ganar unas monedas. En realidad no tenemos ahorros, como se puede figurar.

—Yo quiero verla en plan profesional.

—¿Profesional?

—Sí, hombre. Soy médico.

—¿Es usted doctor, señor?

—Sí, eso: doctor.

El viejo Jacobo pareció muy contento y esperanzado durante unos instantes, para inmediatamente comentar con voz un tanto desanimada:

—Pero ya sabe que nosotros no podemos pagarle sus servicios. No tenemos con qué hacerlo.

—¡Vaya!

En el carromato yacía la muchacha, que apenas tendría quince años; más o menos como la hija del médico. Era rubia y con grandes ojos azules, unos ojos idénticos a los que la pequeña Esmeralda fijara durante tanto rato en su rostro, pero éstos de la enferma brillantes de fiebre. Marcos Aledo la saludó con ese talante profesional de quienes quieren infundir ánimo y confianza:

—Hola, Anuska. ¿Qué tal te encuentras?

—Es el dueño de estas tierras, hija. Y además médico —apuntó el padre.

—Espero que desees curarte pronto, ¿a que sí?

La muchacha esbozó una sonrisa como respuesta.

—Te duele la pierna, ¿verdad?

—Un poco, sí, señor.

—¿Te importa que la vea?

28

Y, sin más, Marcos Aledo le quitó el vendaje y las tablillas que le habían colocado para remediar la fractura. Tenía la pierna muy hinchada. Tras un concienzudo reconocimiento, el médico comentó:

—Bueno, bueno... Esto no parece ir muy bien.

Entonces miró inquisitivamente a la vieja.

—Los emplastos siempre han dado buen resultado, por eso se los aplico —se excusó la cíngara.

—Pues se han acabado los emplastos. Desde ahora me ocuparé yo de la muchacha. ¿Estás de acuerdo, Anuska?

La chica volvió a sonreír, sin decir una palabra.

—¡De acuerdo! —decidió el médico.

Marcos Aledo se dispuso a salir del carromato, pero antes se dirigió a la madre:

—A ver ese emplasto, mamá.

A la vieja le satisfizo el tratamiento y de muy buen grado le entregó lo que tenía preparado para aplicarlo en la pierna de su hija. Marcos Aledo ni siquiera lo miró. Se limitó a arrojarlo por la ventanilla de la vivienda ambulante. Luego salió de allí y se aproximó al fuego.

—Y, ahora, hago lo mismo con el contenido de la olla. Desde este instante aquí no hay más médico que yo.

Después se dirigió hasta el cabriolé, regresando con su maletín junto a la enferma.

—Te va a doler un poco, Anuska, pero será cosa de un momento.

Afortunadamente la fractura no había soldado del todo. Tuvo que romperla para colocar el hueso en posición correcta. Le aplicó de nuevo las tablillas, y le administró un calmante.

—Ya está. No muevas la pierna hasta que yo te lo diga, y pronto podrás danzar como un trompo. Vendré a visitarte de vez en cuando a ver cómo va la cosa.

Marcos Aledo no se limitó a ocuparse de Anuska, sino

que proporcionó trabajo en la finca al resto de la familia para que ganaran algún dinero mientras duraba el forzado cierre del espectáculo.

El viejo Jacobo se encargó de cuidar la mula, a la que hizo con sus tijeras unas hermosas grecas a lo largo del lomo. La cíngara madre ayudó en la cocina de la casa, y Humberto participó en la recogida de la aceituna, faena en la que también colaboraron los padres cuando quedaban libres de sus otros menesteres. Fue un éxito. Los cíngaros trabajaron como los mejores y aprendieron en seguida labores que no habían realizado nunca. Aun así les quedaba tiempo para seguir ensayando sus números artísticos, manteniéndose entrenados y a punto para cuando Anuska estuviera repuesta de lo de su pierna y lista para continuar con sus danzas.

* * *

—Caramba, Marcos. Me han dicho que has encontrado unos trabajadores muy singulares.

—Te han dicho bien, Juan Bautista, porque a fe que son muy buenas gentes.

—No, si yo les tengo cierta simpatía. Recorren el mundo sin descanso; echan las cartas; tragan fuego; hacen juegos malabares... A mí siempre me han gustado los cíngaros.

—Y además trabajan cuando tienen que trabajar. Eso te lo aseguro yo.

En cuanto se supo en el pueblo lo de los cíngaros acampados que trabajaban para el médico, hubo toda clase de comentarios, como es natural:

—Lo más probable es que se lleve un chasco con ellos. Esa gente no es de fiar.

—Ya me extraña a mí que se decidan a trabajar esos vagabundos acostumbrados a la vida alegre.

—Y a mí tambén. Nunca he oído decir que fueran capaces de otra cosa que ir de pueblo en pueblo con sus trucos y engañando a cuantos pueden.

—Es que don Marcos Aledo es un buenazo. Se cree que todo el mundo es forzosamente bueno. No se puede confiar como él lo hace del primero que llega.

—Quién sabe. A lo mejor...

—Ni a lo mejor, ni nada. Ya verás como a la primera oportunidad le desmantelan la casa y se largan con viento fresco. Pues sí que ofrecen garantías que digamos...

—¿Y sus tías, qué dicen? Porque esas señoras siempre han sido muy razonables.

Doña Adela y doña Irene, las viejas tías del médico, no decían nada. Para ellas cuanto hacía Marcos estaba bien hecho. Cuando no echaron los santos al cielo al instalar la ducha, que eso sí que era algo nunca visto por ellas, ni sospechado, es porque estaban dispuestas a aceptar todo lo que les viniera de su sobrino. Al fin y al cabo era el único sobrino que tenían.

—¿Estás seguro de lo que haces, Marcos? —le dijeron.

—Claro que estoy. Y, además, ¿qué iba a hacer? No podía dejar a esa muchacha sometida a supercherías y pócimas que la habrían dejado inválida para toda su vida. No pude menos que acordarme de Beatriz.

—Sí, eso sí. Tú eres médico.

—¡Pues claro! Y, ¿qué tal se porta la nueva cocinera? Espero que no tengáis queja de ella.

—Estupendamente. Es limpia como los chorros del agua, y no necesita que le digan las cosas dos veces. ¡Lástima que no sea una persona normal!

—¿Es que no lo es?

—Bueno... Es cíngara. No me negarás que esa gente es

rara, y además una extraña por completo dentro de la casa. Pero, en fin, lo que tú digas.

—Tomás el casero me ha comentado que los hombres rinden muy bien en el trabajo.

—Y la vieja. Ya te lo hemos dicho.

Pero Tomás el casero no iba a ser distinto de los demás hombres del pueblo:

—Cuidado, señorito, que yo nunca he oído hablar bien de los cíngaros. No me extrañaría que el día menos pensado...

—¿El día menos pensado, qué?

—No, nada. Pero yo no los tendría cerca de lo mío. No me fío de ellos.

—¿Por alguna razón especial, Tomás?

—Razones especiales no tengo, don Marcos. Lo que pasa es que no me fío. A lo mejor es que no conozco a las personas tan bien como usted.

Tomás el casero, como todos, tenía una gran prevención con los forasteros, especialmente cuando aparecen de pronto de no se sabe dónde y para marcharse cuando les convenga. De todas formas no había de qué acusarles, ni argumentos para apoyar su indudable recelo.

—Ya verás como todos quedamos contentos con la venida de esta buena gente.

—Dios lo quiera, don Marcos. Dios lo quiera.

—¿Y por qué no lo va a querer?

—No, si yo no digo nada. Además, ¿quién soy yo para decir algo?

—Pues, sencillamente, el encargado de que todo marche bien en la finca. ¿No es bastante?

—Eso sí.

—Y, ¿tienes alguna queja por ahora?

—Por ahora no tengo queja alguna. Hasta son respetuosos conmigo.

Posiblemente Tomás participaba de ese cierto temor que infunde la ignorancia al especular sobre supuestas manipulaciones y hechicerías atribuidas a los cíngaros. No hay que olvidar que una de sus actividades es la de adivinar el porvenir y descubrir los secretos del pasado.

—La «torda» nunca ha estado tan bien arreglada como ahora. Hasta parece más alegre cuando tira del cabriolé. Y no es que tú no la cuidaras bien.

—A lo mejor es que la han embrujado, señorito.

—No seas lerdo, Tomás. Lo que pasa es que entienden de animales. ¿Tú has visto el caballo blanco que tienen?

—Vaya si lo he visto. Es un bonito animal.

—Porque lo cuidan.

—Aunque, quién sabe de dónde lo han sacado.

—Ya estamos con las mismas. Te prohíbo que hables mal de esa pobre gente.

—Como usted mande, don Marcos. Pero yo le advierto que no me fío ni un pelo de ellos.

ESMERALDA

La pequeña Esmeralda era como una segunda versión reducida de su hermana Anuska; rubia, con los ojos azules y vivarachos, pasaba el tiempo entre su madre, en la cocina de la casa de Marcos Aledo, y el carromato donde cada vez más rápidamente se reponía de su accidente la bailarina, gracias a los cuidados que le dispensaba el médico.

Los chiquillos del pueblo, en cuanto se enteraron de la existencia de aquellos cíngaros acampados en las oliveras de Marcos Aledo, hicieron sus primeras curiosas incursiones. Al principio apenas se atrevieron a mirar desde el camino el pintarrajeado carromato de los Pinelli, y esperar pacientemente para ver cómo ensayaban sus números artísticos. El camello era lo que especialmente les llamaba la atención. Pero el camello no hacía nada; rumiaba y rumiaba constantemente, y, a lo más, a indicación de Humberto, se echaba en el suelo, apoyando primero las patas delanteras y después las traseras para terminar tumbado del todo. Entonces Esmeralda se encaramaba entre las dos gibas y el animal, obedeciendo a otra indicación del joven cíngaro, volvía a ponerse en pie y comenzaba a caminar en círculo mientras los perros se entrecruzaban bajo él, es decir, todos los perros no, pues el San Bernardo sin nombre, que no se separaba de Esmeralda, se limitaba a contemplar las evoluciones como si estuviese juzgando el trabajo de los artistas.

No era en verdad nada del otro mundo, pero los chicos no habían visto nunca un camello de carne y hueso, y estaban encantados con poder observarlo desde el camino.

También habían sido espectadores del número de la cabra subiendo habilidosamente los peldaños de una escalera de doble tramo para bajar por el lado opuesto, tras haber hecho equilibrios en la tabla de arriba, donde giraba en círculo sobre sus cuatro pezuñas, muy juntas, y hasta sobre tres, pues le estaban enseñando a levantar una de las patas para que fuera más difícil el ejercicio. La cabra era un animal completamente normal, una cabra negra y lustrosa que, además de sus equilibrios sobre la escalera, les proporcionaba leche. La pequeña Esmeralda se encargaba de ordeñarla todas las mañanas.

Dos de los perros, que respondían a los nombres de «Boby» y «Puzler», estaban adiestrados para pasar por unos aros que les ponían delante; y al hacerlo movían el rabo satisfechos de su proeza y también para que les dieran algo como recompensa, seguramente terrones de azúcar, trozos de galleta, o simplemente de pan.

Humberto lanzaba sus mazos al aire, dando vueltas y vueltas de mano en mano sin que se le cayera nunca. Hasta cuatro y cinco mazos mantenía en el aire al mismo tiempo. Y el viejo zíngaro ensayaba sus czardas con el violín, cosa que hacía muy pocas veces para no entristecer a Anuska que era la encargada de bailar a su son, y ahora tenía que limitarse a escucharlo desde el carromato, o bien practicaba su número de «come fuegos», aproximándose a la boca unas antorchas encendidas de las que parecía tragar las llamas para luego lanzar un chorro ardiente. Esto también asombraba enormemente a los curiosos chiquillos.

Pero era la vieja la que mantenía alejados a los chiquillos. A mamá cíngara le tenían cierto temor. Habían oído decir que era una especie de bruja echadora de cartas y adivinadora del porvenir, y eso sí que les parecía algo tan serio y misterioso que les aterrorizaba, hasta el punto de que cuando aparecía la cíngara ellos hacían lo posible para esconderse entre los árboles y evitar que los viera la bruja. Lo que ocurría era que, a causa de la distancia, no podían ellos observar la sonrisa complaciente y comprensiva de la echadora de cartas.

Los cíngaros no tenían que ir al pueblo a nada, ya que cuanto necesitaban se lo proporcionaban en la finca de Marcos Aledo. Aun así, Esmeralda, a la vista de los chiquillos que aparecían por allí, sintió deseos de hablar con ellos, cansada de andar siempre entre personas mayores, y un día se decidió a acercárseles. Los chavales se fueron corriendo al ver que se les aproximaba la chiquilla de la «troupe», probablemente temerosos de que tras ella pudiera hacer acto de presencia la bruja madre, o quizá sólo porque se sintieron sorprendidos.

Otro día Esmeralda se dirigió al pueblo, siempre acompañada de su San Bernardo, y antes de llegar no resistió la tentación de ponerse a coger ranas en un estanque que había a las afueras. La chiquilla, al principio, entretenida en su juego, no se dio cuenta de que los chavales se le acercaban cautelosamente, pero poco después sí, y ella siguió como si no se hubiera enterado. Las ranas le saltaban a las manos, como si tuviera un imán para atraerlas. Había cogido ya varias, que introducía en un bote.

Los del pueblo no las tenían todas consigo, porque el San Bernardo no se separaba de su ama, y era un perrazo que imponía respeto; pero viendo al animal tranquilamente echado en el suelo observando a Esmeralda, se decidieron a hablar con ella.

—¿Eres tú la india del carromato?

Esmeralda miró fijamente al más decidido del grupo, que era el que le hacía la pregunta. Estaba claro que le

tenían miedo al perro, de forma que, en vez de contestar, les dijo:

—No os preocupéis. El perro no hace nada si yo no se lo digo. Os podéis aproximar sin temor.

—No tenemos miedo, pero queremos saber si eres tú la india del carromato.

A Esmeralda no le gustó la pregunta, aunque contestó amablemente:

—Te equivocas, yo no soy india, al menos como lo entendéis vosotros.

—Te hemos visto con tu gente...

—Sí, pero ni mi gente ni yo somos indios: somos cíngaros.

—Bueno, india o cíngara, tienes habilidad para coger ranas.

Ya se había roto el hielo. Esmeralda tenía un encanto especial que cautivaba a los chicos. Todos quisieron saber cosas, y ella les habló del camello, de los perros, de la cabra, de lo bien que danzaba su hermana Anuska..., de todo.

Al poco tiempo se había hecho muy amiga de los chicos y las chicas del pueblo, casi todos mayores que ella, pero seguramente no tan despabilados. Esmeralda constituía una novedad. Les enseñó a coger lagartos; les hacía exhibiciones de volteretas que ellos intentaban imitar sin disimular su admiración por las habilidades de una niña tan pequeña...

—¿Y, es cierto lo de tu madre?

—No sé qué es lo de mi madre.

—Pues que dicen que...

No se atrevían a preguntarle directamente por las brujerías que creían hacía la vieja cíngara. Ellos lo habían escuchado a sus madres, a las mujeres del pueblo.

—Si lo que dicen es que sabe echar las cartas y adivinar el porvenir, sí que es cierto.

—Entonces es una bruja.

—¡Qué tontería! —protestó Esmeralda—. Las brujas no existen.

—¿No?

—Claro que no.

Esmeralda les obsequió con una espléndida voltereta, y los chavales parecieron olvidarse de la brujería. Pero no se olvidaron del todo; así que pronto volvieron las preguntas:

—¿Y tú de dónde eres, Esmeralda?

—¿Yo? —la chiquilla vaciló unos instantes como buscando una respuesta que resultara sorprendente a los del pueblo.

—Sí, que dónde has nacido —insistieron.

—En Castellón de la Plana —contestó por fin.

—¿De veras?

—¡Y tan de veras!

—Nosotros creíamos que serías de otro país, de algún lugar extraño.

—Pues soy de Castellón, qué le vamos a hacer.

Reinó cierto desencanto entre los chicos, hasta que la cíngara añadio:

—Pero mis padres sí son de otro país.

—¿De dónde?

—De Hungría.

—¿Y eso está muy lejos? —preguntó uno de ellos.

—Naturalmente que está lejos. Pareces tonto. Cómo no va a estar lejos Hungría —intervino otro.

—Déjame tranquilo. Y, además, si eres tan listo y sabes tanto, explícanos tú lo de Hungría, anda.

El que había interrumpido se quedó un poco parado; no obstante intentó decir algo:

—Pues, Hungría es un país que está muy lejos...

Esmeralda le sacó del apuro:

—Muy, muy lejos. Es un país maravilloso donde hay grandes bosques y lobos en las montañas. En invierno caen enormes nevadas que cubren la tierra de una capa blanquísima, y las flores en primavera son las más hermosas que podéis imaginar; las más bellas del mundo.

Esmeralda no sabía nada de Hungría, claro. Pero ésa era su forma de hacerse la interesante para despertar la admiración de sus nuevos amigos.

—¿Tú has estado en Hungría?

—Pues, la verdad, no.

—Entonces, ¿cómo sabes lo de los lobos y los bosques y la nieve?

—Me lo han contado.

—Lo sabe porque lo dicen los libros de la escuela. ¿A que sí?

—Yo no he ido a la escuela, pero sí, lo sé por algo parecido.

—¿Y sabes leer?

—Sí que sé.

—¿Y escribir?

—También.

—¿Sin ir a la escuela?

—Me enseña Anuska. Todavía no lo hago muy bien, pero me enseña. Yo no puedo ir a la escuela porque siempre estamos de un lado para otro.

—Conocerás muchos lugares.

—Muchos; viajamos continuamente.

—¿Y cuando seas mayor?

—Cuando sea mayor seré una gran bailarina, como Anuska. Ella me enseñará como me enseña a leer.

—¿Y seguirás en un carromato?

—Es nuestra casa. Y además nos permite acampar donde queramos y disfrutar de la naturaleza. Lo dice mi padre.

—¿Y a ti te gusta eso?

—Más que nada. Yo quiero ser bailarina y viajar por todos los países del mundo.

40

A partir de entonces todos los chiquillos presumían de ser amigos de Esmeralda, que les contaba fabulosas historias y les enseñó a atrapar lagartos y ranas, si bien ninguno logró hacerlo con la habilidad de la chiquilla, que parecía realmente tener una especie de atracción en las manos. Los animales, no solamente se quedaban quietos cuando se aproximaba Esmeralda para cogerlos suavemente, sino que parecían desear ser atrapados, y hasta habrían asegurado los de la pandilla del pueblo que saltaban hacia ella para darle facilidades.

Pero los días pasaban. Declinaba el verano. Ya hacía cerca de dos meses de la llegada de los cíngaros. Nunca habían estado tanto tiempo en un mismo lugar, ni Esmeralda tuvo, por consiguiente, oportunidad de trabar amistad con chicos de su edad. Sintió mucho dejarlos cuando llegó el momento de la partida.

LA METAMORFOSIS

—Bueno —dijo Marcos Aledo—. Yo veo que estás estupendamente, Anuska, así que, como decimos los médicos, te doy el alta. A partir de mañana puedes empezar a ensayar tus bailes. Afortunadamente la fractura ha consolidado a la perfección. No era tan grave como temí al principio.

—No tendremos nunca con qué pagarle todas sus bondades, don Marcos —se sinceró Jacobo—. Nos ha mantenido durante todo este tiempo. En realidad no nos hemos ganado lo que nos dio, y, además, el haber curado a Anuska.

—Y yo —dijo Anuska— sí que no sé expresarle lo que siento.

—Ni hace falta. Lo hice todo con mucho gusto, sin contar con que era mi obligación.

Aquello era la despedida, y toda la familia estaba reunida junto al carromato: Humberto, de nuevo con sus botas y su camisola de amplias mangas; mamá cíngara, ofreciéndole café sin azúcar; la pequeña Esmeralda, sonriente junto a su «sinnombre» que movía la cola, y el viejo Jacobo Pinelli, que no se llamaba Pinelli, porque ése era un nombre artístico inventado para la «troupe», casi con lágrimas en los ojos.

El caballo blanco, que pastaba por allí cerca, sin atar, quiso también mostrar su agradecimiento con un alegre relincho y unos empujoncitos propinados con su cabeza en la espalda de Marcos Aledo.

—Bonito ejemplar —comentó el médico.

—Es un animal excelente —dijo el cíngaro padre.

—Ya lo creo que lo es.

—¿Le gustan a usted los caballos?

Marcos Aledo no había sentido nunca especial atracción por los caballos, aunque los hubiera tenido y montado cuando era más joven, pero le pareció que debía responder afirmativamente, creyendo complacer así a sus huéspedes.

—Mucho. Éste es precioso.

—Y muy inteligente. Le hemos visto triste desde que ocurrió el accidente, como si creyera que él tuvo la culpa por no haber podido arrastrar solo el carromato cuando se atascó en el barrizal. Estoy seguro de que lo pensaba; porque los caballos también piensan.

—Pues ahora parece estar alegre, vaya que sí.

Efectivamente, el caballo movía la cola y casi le chisporroteaban los ojos de gozo, cosa rara en esos animales.

—Claro que está alegre. Sabe que Anuska podrá volver a bailar.

El caballo desde hacía varios días sabía que Anuska bailaría; o mejor dicho, que bailaba. Porque antes de que Marcos Aledo le diera el alta, ya había estado Anuska ensayando sus danzas algún tiempo, sin que el médico se enterara. Al principio sí que siguió fielmente las indicaciones de reposo absoluto, pero desde que la muchacha se levantó del lecho y daba algunos paseos, el caballo empezó a perder su tristeza, y cuando comenzó a andar normalmente y luego a danzar, a escondidas de don Marcos, era otro; parecía como si la música que Jacobo le arrancaba a su violín fuera también otra más alegre y prometedora.

—Que tú no has tenido la culpa de nada —le decía Anuska al caballo mientras le rascaba la frente o le acariciaba la

43

crin—. Bastante haces con arrastrar nuestro pesado carromato, que no debe ser tarea fácil.

El animal parecía entenderla perfectamente, agradeciendo la atención y mimos de que era objeto por parte de su convaleciente joven ama.

Al día siguiente por la tarde, doña Irene, doña Adela, Marcos Aledo, Tomás el casero y su familia se encontraron con la sorpresa de ver aparecer en la explanada que se extendía ante la casa a toda la compañía de los Pinelli, carromato, cabra, perros y camello incluidos.

Jacobo ascendió las escalinatas hasta el porche donde se encontraban las tías de don Marcos haciendo sus labores de costura y, tras una protocolaria reverencia, les participó que iban a realizar una función en su honor.

—Nos marchamos mañana por la mañana, para llegar a tiempo a las fiestas del pueblo próximo, y no podemos hacerlo sin mostrarles modestamente nuestra gratitud de la única forma que está a nuestro alcance.

—Pero, por favor, no se molesten ustedes —dijeron casi al unísono doña Adela y doña Irene.

—Para nosotros, no solamente no es molestia, sino un honor y un deber.

Así que, en la dicha explanada, ofrecieron su espectáculo: Esmeralda realizó preciosos volatines, montó sobre el camello arrodillado, e incluso hizo el pino entre las gibas; Humberto manejó sus mazos de madera con increíble habilidad, hizo saltar a los perros a través del aro, juegos malabares en los que aparecían y desaparecían palomas y conejos que nadie podía explicarse de dónde habían salido, y además, tras el turno de tragafuegos y la exhibición de la cabra equilibrista, a cargo del padre, le acompañó tocando el violín a dúo mientras Anuska danzaba con tal gracia que parecía imposible en una muchacha que, poco antes, había sufrido una fractura en la pierna.

Resultó una función muy brillante, pues los cíngaros se superaron en su trabajo, y todos quedaron tan contentos.

Antes de la danza de Anuska, que cerró el espectáculo, la mamá cíngara les echó las cartas a doña Adela y a doña Irene: larga vida, prosperidad y felicidad fue el augurio para las señoras que, en un principio, se resistieron a someterse a la prueba, quedando después tan satisfechas por las halagüeñas palabras de la improvisada cocinera que tan bien les había servido durante su estancia, y que aquella noche les obsequió con una magnífica comida típica, ya preparada de antemano en la propia cocina de la casa sin que se enterasen las señoras.

Marcos Aledo no podía comprender cómo Anuska era capaz de bailar tan ágilmente tras su larga inmovilidad. Tuvieron que aclararle que hacía muchos días que la danzarina estaba ensayando, y el médico simuló enfadarse por la desobediencia, aunque en el fondo estaba muy contento y satisfecho de su éxito.

—Estoy seguro de que a Beatriz le habría gustado estar esta tarde con nosotros —comentó a sus tías.

—Ay, Marcos. A nosotros no se nos va de la cabeza —dijo doña Irene—. Precisamente hablábamos de eso hace un instante. Si fuera nuestra hija no se separaría de nosotras.

—Pues no tiene otra madre, tía. Sólo a vosotras dos, que lo sois por partida doble.

—Pero no nos haces ni pizca de caso —protestó doña Adela—. Mira que tenerla un verano sin venir por casa...

—Es por su bien. Ya sabéis que yo deseo tenerla aquí tanto o más que vosotras.

—Sí, pero no la tienes.

El viejo Jacobo no pudo menos que enterarse de que hablaban de una muchacha.

—¿Su hija, don Marcos? —preguntó.

—Mi única hija. Tendrá más o menos la edad de Anuska.

—Habríamos querido conocerla. Lástima. Alguna vez la vida nos volverá a traer por estos caminos; y aunque no nos traiga, le prometemos volver a visitarles. Para entonces será ya una hermosa señora y usted un feliz abuelo.

* * *

A la mañana siguiente, cuando Tomás entró en la cuadra para sacar la mula torda y engancharla al cabriolé de don Marcos Aledo, se encontró con la desagradable sorpresa de que había desaparecido. Salió corriendo como un desesperado hacia la casa:

—¡Don Marcos, don Marcos! Si ya se lo decía yo. Si esto tenía que suceder. ¡Y que no falten más cosas!

—¿Qué ocurre, Tomás?

—Es como darle de comer a los lobos. Usted no me hizo caso, pero bien que se lo advertí repetidamente. ¡Ya lo creo que se lo advertí! Y, ahora, entro en la cuadra y me encuentro con lo que tenía que encontrarme. Estaba previsto. Lo raro habría sido que no sucediera...

A Tomás no había quien lo parara. Estaba hecho una verdadera furia. «Si ya se lo decía yo», repetía una y otra vez entre todo género de exclamaciones y aspavientos.

—Pero, bueno, ¿qué pasa? ¿Qué es lo que me decías tú? Menos gritos y cuéntame lo que sea. Así no me voy a enterar, por mucho enojo que muestres.

—Pues qué va a pasar: ¡La mula!

—¿La mula?

—Sí, la «torda». Si ya se lo decía yo... Se lo estoy diciendo desde que llegaron.

47

—¿Qué le ha ocurrido a la «torda»?

—Pues que ha desaparecido. Que se la han llevado los cíngaros esos del diablo. Si ya se lo decía yo.

—Vamos, Tomás, no digas disparates. Eso no puede ser.

—¿Que no puede ser? Pues venga usted y se convencerá con sus propios ojos.

—¿Estás seguro?

—Tan seguro como que estamos aquí. Acabo de entrar en la cuadra, y de la «torda» ni rastro. No crea usted que me ha extrañado lo más mínimo. Si ya se lo decía yo.

—Y por qué dices que se la han llevado los cíngaros.

—¡Quién si no! Ellos tienen que ser. Si ya se lo dije a usted.

Don Marcos no se podía creer lo que contaba el sulfurado Tomás.

—Tú nunca los has visto con buenos ojos.

—Lo reconozco, pero esto nada tiene que ver con lo que yo pensara de ellos. Lo cierto y verdad es que la «torda» ha desaparecido como por encanto. Y no ha sido por encanto, desde luego, que esas cosas no suceden en los tiempos que corren. Han sido, ni más ni menos, esos cíngaros que a usted se le ocurrió meter en su casa como si los conociera de toda la vida.

—¿Has mirado bien, Tomás?

—¡Naturalmente que he mirado! Le digo que no está; que la han robado esta noche pasada. Menuda maña se dan para esos menesteres. Y menos mal que han dejado el burro.

Y era verdad que la mula no estaba. Marcos Aledo entró a la cuadra con Tomás y pudo comprobarlo personalmente.

—No lo entiendo, Tomás.

—¡Todavía no lo entiende…! Hay que dar parte en seguida. Antes de que puedan escapar. Hay que perseguirlos. ¡Habráse visto desfachatez semejante!

La «torda» no estaba, pero atado a la verja del dormitorio de Marcos Aledo encontraron algo con lo que no contaban: el caballo de los cíngaros.

Por eso tenía razón el médico cuando me dijo que la mula se había transformado en caballo. Era lo único que podía ofrecer como pago aquella buena gente.

Tomás se quedó de piedra, sin ánimos para decir una sola palabra de excusa, y Marcos Aledo lo primero que pensó fue salir en busca de los Pinelli para devolverles su caballo. Era demasiado, porque la mula nunca les podría desempeñar el mismo papel que el hermoso animal del que se habían desprendido tan silenciosa como generosamente. Lo pensó, pero no lo hizo, porque estaba seguro de que habían realizado el cambio con el mayor agrado del mundo y lo último que él habría querido sería ofenderles rechazando el obsequio.

—Qué oportunidad has perdido de callarte, Tomás —fue el único comentario de don Marcos.

EL CABALLO «JACOBO»
(sigue hablando el tatarabuelo por boca de mi abuelo)

Marcos Aledo, que no supo si el caballo tenía nombre, empezó a usarlo en el cabriolé la misma mañana de su «transformación» —a él le gustaba decir metamorfosis—, que fue aquella en que vino a ver a mi nieto Juan Bautista, por entonces con fiebres. Tomás el casero le había dicho:

—No querrá que le enganche el burro al cabriolé, ¿qué hacemos?

—Pues qué vamos a hacer; no voy a ir andando, así que engancha el caballo de Jacobo.

El caballo de Jacobo para acá, el caballo de Jacobo para allá... Total, que se quedó con ese nombre para terminar siendo simplemente «Jacobo».

Mi nieto Juan Bautista se casó. Nunca sabremos si sanó de sus fiebres porque se había casado, o se casó porque había sanado de las fiebres, pero, como ambas cosas fueron coincidentes, resultó que Marcos Aledo tenía razón cuando recomendó que se casara. Lo que no estaba en sus proyectos —de eso estoy seguro— era que Juan Bautista se casara con su hija; y eso fue lo que sucedió.

La boda nos alegró a todos, y a mí, además de la satisfacción de ver a mi nieto casado con la hija de mi gran amigo Marcos, me proporcionó algo que no había podido conseguir en dos años de discretos intentos: el caballo blanco.

No quería vendérmelo porque era un regalo de los cíngaros, y consideraba incorrecto desprenderse de él por dinero. Recuerdo que un día de los muchos que hablamos sobre el tema me dijo:

—Mira, Juan Bautista, los regalos que le hacen a uno no está bien que los venda, y menos que los vuelva a regalar como sería mi gusto en este caso.

Yo entendí sus razones y no volví a insistir sobre el particular, pero me seguía interesando el caballo. Esto lo sabía Marcos, por eso me dio la sorpresa del regalo el mismo día de la boda, diciéndome:

—Ahora es como si se quedara en la familia, ¿no?

—Desde luego —le contesté—, pero mira, yo no quiero causarte ningún trastorno. Tú te has acostumbrado al caballo, y, la verdad, a mí casi se me ha pasado el deseo.

—No me vengas con ésas. Tienes que aceptármelo. No me vas a decir que después de dos años de insistir en lo mismo ya no te gusta el caballo.

—¡Pues claro que me gusta!

—Pues, tuyo es. Que no se hable más del asunto.

Y no hubo forma de disuadirlo.

«Jacobo» resultó un animal inteligente. Con la misma facilidad con que se adaptó al cabriolé del médico, del que tiraba airosamente, como si supiera que había mejorado de condición, se adaptó a la silla de montar y yo lo usé bastante. No sé si fue habilidad mía, o que «Jacobo» ya lo tenía aprendido desde su época con los cíngaros, pero lo cierto y verdad es que tenía un trote excelente y era dócil como pocos caballos de tan buena estampa. También se arrodillaba para que me subiera o me apeara. Esto se lo enseñé, o al menos creí enseñárselo cuando apenas tenía tres años el cuarto Juan Bautista biznieto. Fue el primer caballo que montó, y «Jacobo» parecía muy complacido de que un niño cabalgara a su lomo.

Tanta confianza nos ofrecía el caballo que cuando el pequeño Juan Bautista tenía cuatro o cinco años le dejábamos ir a la finca solo. «Jacobo» se sabía el camino tan bien que no necesitaba que le guiaran, y parecía cuidar del niño como si fuera cosa propia.

También Beatriz daba paseos en «Jacobo», y solía montarlo para ir a visitar a sus tías, cuando ya Marcos Aledo había muerto a consecuencia de una pulmonía. «Ha sido la ducha» —dijeron—. Pero se murió porque tenía que morirse.

Con el paso de los años, como cualquier otro ser viviente, «Jacobo» fue envejeciendo; ya no era apto para montar, ni para los carruajes, y lo dedicamos a la aceña. No era un trabajo adecuado para él, pero sí descansado, porque a la aceña se la hacía funcionar muy pocas veces, y solamente para regar las cuatro o cinco tahúllas de la parte alta de la huerta. Más que nada lo hicimos para que no se anquilosara encerrado en las caballerizas sin hacer ejercicio de ningún tipo. Aun desempeñando un oficio tan poco decoroso para un ejemplar de tan buenas condiciones como había sido él, nos dio una nueva muestra de su singular inteligencia. Y no es pasión porque fuera mío el caballo y lo apreciara tanto, sino que todo el mundo lo reconoció cuando se enteraron del hecho.

Un día, mientras el caballo giraba y giraba para que los cangilones de cinc vertieran el agua que sacaban del fondo del pozo, uno de los chiquillos que solían acercarse a coger ranas y «apagacandiles» en la alberca, donde se depositaba el agua para ulteriores riegos, se encaramó al broncal persiguiendo una de las libélulas, y, a causa de la humedad y el musgo, resbaló y se cayó en el pozo; mejor dicho, se quedó colgado entre los hierros de la noria y la pared. Los otros chicos empezaron a gritar asustados, y eso habría sido suficiente para espantar al caballo y que al seguir girando las ruedas dentadas le destrozaran las piernas por lo menos. Pero «Jacobo» pareció darse cuenta antes que nadie, y se paró en seco.

El episodio tuvo su importancia, y fue una muestra más de la ya comprobada inteligencia de «Jacobo». Yo creo que

se debió acordar el noble animal del percance de Anuska, y no habría habido fuerza humana capaz de hacerle moverse hasta que el chiquillo estuvo a salvo.

A partir de entonces lo liberamos de la aceña. Se le dejaba suelto para que correteara por el campo a su antojo; pero «Jacobo» ya no correteaba. Era demasiado viejo, y poco después murió, comentamos que de pena por considerarse inútil. Tenía muchos años. Más de diez lo habíamos tenido nosotros, sin contar los que estuvo con Marcos Aledo y con los cíngaros. ¡Cualquiera sabe cuántos!

EL FONÓGRAFO

A mí me divirtió la historia contada por el tatarabuelo a mi abuelo, que llegué a conocer de labios de este último. Todo arrancó porque le pregunté cuáles eran los bocados de «Jacobo». No obstante, pensé que decía poco de un caballo al que no se había olvidado a través de los años, y porque todos esos recuerdos transmitidos casi literalmente, salvo que mi abuelo Juan Bautista los hubiera adornado con su propia cosecha, que también es posible, no tenían nada de truculentos, ni de terribles, sino más bien de amables y de cierto lirismo entrañable salpicado de humor, y comenzó con el asunto de los bocados, empecé a pensar que en las oscuras buhardillas, doce escalones más arriba de la Tierra de Nadie donde tanto jugábamos, no había nada de misterioso, y decidí adentrarme un poco más en aquella cámara alta; al principio por la habitación del ventano en la que, con la puerta abierta y la luz que entraba, me sentía relativamente seguro.

Y así fue como revolviendo entre sillas mutiladas, lámparas rotas, hierros de ventanas que habían esperado o dejado su hueco en algún muro, marcos, espejos rotos, camas desarmadas y cajones que contenían viejos libros de medicina —los de Marcos Aledo, seguro— y ropas antiquísimas, me encontré con el fonógrafo; una caja de madera de buenas dimensiones, recubierta de polvo y telarañas, provista de los restos de lo que debió ser el altavoz o gran bocina, y un plato metálico agujereado como un queso de Gruyère, al que se le había despegado en casi toda su extensión el ya descolorido y originariamente rojo paño de fieltro que lo recubría.

El fonógrafo tenía colocada la manivela de la cuerda en su sitio. Liberé un poco al aparato de la suciedad acumulada, y le di vueltas a la manivela sin dificultad alguna. Después solté la palanca del freno y el plato metálico empezó a girar. Funcionaba a pesar de sus años. En la parte superior de la caja había un brazo de tubo articulado en cuyo extremo se sujetaba el diafragma, con su gruesa aguja de acero, todavía brillante. Rechinó el diafragma lastimeramente cuando pasé el dedo por la punta de la aguja, lo que me hizo suponer que estaba en buen uso. Entonces me dediqué a rebuscar entre los papeles y cacharros próximos al fonógrafo hasta encontrar una placa parecida a los actuales long play, pero de mayor grosor, que limpié cuidadosamente. Se trataba de «Los voluntarios», marcha militar, grabada por «La Voz de su Amo», según rezaba la etiqueta esa tradicional del perro y el fonógrafo. Lo malo es que la placa estaba muy estropeada, y hasta le faltaba un buen trozo en forma de media luna; vamos, un segmento circular para ser exacto. Lo sabía por tener muy reciente la lección del círculo con sus segmentos, sectores, etc., dada a final de curso en la escuela de don Agustín.

Estaba tan absorto con mi descubrimiento que hasta me olvidé de que me encontraba en la cámara alta; del ruido de la carcoma, incesante y estruendoso cuando reina el silencio; del respeto que habitualmente me imponía aquella habitación, y de todo. Yo lo que quería en aquel momento era escuchar cómo sonaba la curiosa antigualla.

Coloqué el disco sobre le plato, cuidando de apoyar la aguja en el primer surco completo: tras tras tras, taratrás taratrás taratrás, clip, taratrás tras tras tras clip clip. Los clip era los saltos de la aguja en las irregularidades. Pero la placa se oía. El pasodoble, envuelto en estridencias, llenó la habitación con su ritmo marcial.

Cargué con el fonógrafo escaleras abajo hasta la Tierra de Nadie. ¡Menuda sorpresa les iba a dar a mis amigos! Ni siquiera se lo conté a mi hermano Juan, para que así la sorpresa resultara mayor.

Cuando llegaron, a primera hora de la tarde como todos los días, les hice aguardar en una de las habitaciones desde donde no podían ver mis preparativos.

—Ya veréis como os gusta esto.

—¿Qué cosa? —preguntó Andrés ante mi insistencia en no dejarlos pasar más adelante.

—Hombre, si os lo digo ya no tiene gracia.

—Yo creo que es mejor que juguemos a Flash Gordon —apuntó Santiago.

—¿Mejor que qué? —le grité yo desde la habitación contigua, mientras colocaba el disco y me cercioraba de que le había dado toda la cuerda al mecanismo.

—Pues mejor que andar con adivinanzas.

Mi hermano no dijo nada, y esperó pacientemente hasta que sonó el tras tras tras, taratrás taratrás taratrás, clip, taratrás tras tras tras clip clip taratrás tras tras tras clip clip...

—¡Ahí va! ¿Y eso qué es?

A los primeros compases ya se habían precipitado junto a mí para descubrir de dónde salía aquella ruidosa música.

—¡Vaya artefacto!

—Pues, un fonógrafo —dijo mi hermano Juan—. No me digáis que no sabéis lo que es un fonógrafo.

—Yo nunca había visto ninguno —comentó Andrés—. Al menos ninguno como éste.

—Pues es como un tocadiscos de la prehistoria —apuntó el que quería jugar a Flash Gordon.

Aquella tarde ya no se jugó a viajes interplanetarios. Destapamos la caja para ver la maquinaria, que era como un enorme aparato de relojería lleno de engranajes; quitamos los restos de la inútil campana del altavoz, que yo había dejado colocada en su sitio para producir mayor efecto de sorpresa; cambiamos la aguja, porque debajo de la tapa encontramos una cajita con muchas nuevas y brillantes, y en fin, le dedicamos toda nuestra atención.

—Lástima que no haya más disco que éste, y roto.

—Me parece que en la cámara de mi casa vi yo una vez varias placas parecidas.

—¿Por qué no las traes?

—Eso. Será divertido escuchar música antigua. Seguramente valses y tangos.

—Sí, que sí. Mañana los buscaré; o se lo preguntaré a mi madre que a lo mejor sabe dónde están.

De momento nos conformamos con el taratrás taratrás taratrás, que hicimos sonar un montón de veces.

—¿De dónde lo has sacado? —prteguntó mi hermano.

—Pues de la cámara de arriba.

—Ya. Te lo habrá bajado el abuelo, ¿no?

—Lo bajé yo.

—Pero con él, ¿verdad?

—El abuelo ni lo sabe.

—Entonces, ¿has subido solo a la cámara alta? —se asombró Santiago.

—¿Por qué no?

—Como está tan oscuro...

Me sentí una especie de héroe, porque había admiración por mi proeza en las palabras de mi hermano y mis amigos.

—No tiene importancia —les dije, mientras pensaba que sí que la había tenido, porque pasé lo mío mientras estuve allá arriba. Por algo no nos atrevíamos a subir con la facilidad que lo hacíamos a la cámara baja, donde estábamos cada vez más tranquilos. Sólo cuando el juego consistía en hacer experimentos simulando convertirnos en Frankenstein, o en el Hombre Lobo o el Doctor Hyde y cosas parecidas, al adoptar actitudes terroríficas y proferir rugidos y gritos, nos sugestionábamos de veras y se nos hacían aquellas habitaciones como cuevas misteriosas llenas de maleficios, y hasta se nos antojaba que los muebles y sombras cobraban vida, sobre todo, ya digo, al declinar la tarde.

Yo me animé ante la expectación que causó mi hazaña, y les dije:

—¿Queréis que subamos todos?

—¿Arriba?

—Sí. A lo mejor encontramos más cosas interesantes para jugar.

Creo que ninguno, ni siquiera yo que lo había propuesto, estábamos demasiado resueltos a subir los doce escalones que nos separaban de aquella oscuridad de arriba. Pero ya lo había dicho y no era cosa de volverse atrás.

—¡Vamos! —dijo mi hermano, quizá con demasiada vehemencia.

—Podíamos preparar alguna luz.

Encontramos una abollada palmatoria de cobre, con un cabo de vela, y mi hermano Juan bajó corriendo a la cocina en busca de una caja de fósforos.

Mientras tanto, Santiago dijo:

—¡Si tuviéramos una linterna!

—Con una linterna sería muchísimo mejor —añadió Pepe.

—Podríamos alumbrar en la dirección que quisiéramos —explicó Andrés.

Estaba claro que empezaban a poner pegas a la proyectada incursión, aunque ninguno lo hiciera abiertamente para no «rajarse».

—Mañana podría traer yo la mía —propuso Santiago.

—En fin, si no queréis subir…

—¿Quién ha dicho que no quiere subir?

—Decirlo, nadie —me envalentoné yo—; pero estáis poniendo excusas.

No hubo ocasión de arrepentirse pues, a todo esto, apareció mi hermano Juan con la caja de fósforos, y aunque nos costó tres intentos, porque el pabilo estaba muy duro y con polvo de años, la vela se encendió.

—Ya está.

—Pues vamos.

Subimos los doce escalones. Yo llevaba la palmatoria en una mano, protegiendo la llama con la otra contra una posible ráfaga de viento que pudiera apagarla.

Entramos por fin en la habitación de la ventana, y pese a que inmediatamente pudimos comprobar que la vela no era necesaria, porque aunque no mucha luz sí había la suficiente claridad como para hacer inútil la pequeña llama, la fui acercando de un sitio a otro como quien busca un tesoro.

Ante nuestros ojos aparecieron innumerables objetos de remota o desconocida aplicación: restos de carruajes, bridas, cabezales, orejeras y otros aparejos adornados de gruesos cascabeles, colgados de sendas estacas clavadas en la pared; una antigua bañera de cinc, de grandes dimensiones, sobre cuatro garras de león, repleta de viejos zapatos, cajas de sombreros, libros apergaminados y sacos de conchas marinas que asomaban a través de la desgarrada arpillera; el maniquí de mimbre donde ajustaban, en otra época, sus trajes las mujeres de la familia; una caja de madera, alargada y con asas de cuerda, que luego supimos era de las usadas para transportar munición; destrozadas lámparas de hierro colado; restos de vajillas fuera de uso desde hacía generaciones; los cortinones que hacían juego con la antigua sillería de la que sólo habíamos visto un historiado sillón que prestaron a la parroquia cuando la visita de aquel obispo mejicano que vino a administrar el sacramento de la confirmación y ya se quedó abajo, aunque nadie se sentara en él, y múltiples baúles, alguno con tenebrosa forma de ataúd, recubiertos de pieles, seguramente de vaca o cabra, levantadas a jirones, conteniendo ropas antiguas, complicadas sombrillas adornadas de raídos encajes, corsés como corazas, sombreros emplumados, y qué sé yo.

Había también cajas repletas de amarillentas cartas con sellos representando la efigie de un rey niño, libros de oraciones escritos en un castellano antiguo difícil de leer, figuritas de cerámica envueltas en polvorientos papeles de periódico, colecciones empaquetadas de «Juventud Ilustrada»... Pero la búsqueda terminó aquella tarde cuando nos encontramos con los correajes militares, un ros, cartucheras y un par de fusiles de madera que, a primera vista, se nos antojaron auténticos y luego supimos que estaban allí arrumbados desde la época en que desapareció el Batallón Infantil. El mismo origen tenían las cartucheras y correajes.

Nos bajamos todos esos pertrechos para organizar desfiles en las estancias de la Tierra de Nadie, al son del taratrás taratrás taratrás del fonógrafo, pasando de los desfiles a las campañas militares y tiroteos, atrincherados en los trojes donde se nos hundían los pies en el trigo como les habría de suceder a los exploradores en los terrenos pantanosos, en las arenas movedizas o en las nieves de las montañas, de forma que después tuvimos que quitarnos los zapatos porque se nos clavaban los granos al andar.

Terminamos cansados de todo menos de escuchar el fonógrafo de Beatriz, que no sé muy bien si era mi bisabuela o mi tía bisabuela. Ella escucharía valses con el modernísimo artilugio, seguro que valioso aparato entonces, y el bisabuelo Juan Bautista marchas militares por la época del furor bélico de la guerra de África, donde ocurrió el desastre del Barranco del Lobo tristemente famoso, que conocíamos a través de la adornadísima versión de don Honorato, nuestro profesor de Historia, con casi ochenta años encima, que estuvo presente en el acontecimiento del que no dejaba de hablar y hablar cada vez que se le presentaba ocasión, y muchas veces aunque no se le presentara. Aquello constituía una verdadera obsesión para el buen don Honorato, que hasta se arremangaba la pernera del pantalón para mostrar la cicatriz de una herida de bala recibida en la refriega de la que salió con vida de puro milagro, según él. Por cierto que nadie de la familia participó en la guerra de África, seguramente porque en aquellos tiempos no había jóvenes en edad militar.

Supe también por mi abuelo que al caballo «Jacobo» le encantaba la música. Sería por la costumbre de escuchar los violines de los cíngaros durante sus representaciones, o mejor cuando el joven Humberto interpretaba por la noche sus melodías favoritas, que no eran las de los números programados, en las que ponía todo su corazón y una habilidad extraordinaria que podría convertirle en un violinista sensacional, lo que se dice un virtuoso; o tal vez la música que le gustaba a «Jacobo» era la que sonaba exclusivamente para que el caballo girara en círculo mientras Esmeralda ejecutaba sus modestos volatines sobre el cepilladísimo lomo blanco del inteligente animal. Esto lo contó la niña, y supongo que sería verdad, pues no tengo noticia de que la tarde de la representación de despedida actuara «Jacobo»; puede que no lo hiciera porque ya estaba decidido lo de la transformación de la mula, y el viejo jefe de los titiriteros no querría que Marcos Aledo, sabedor de que les privaba de un número circense al quedarse con el caballo, le buscara para devolverle lo único que le podían obsequiar en agradecimiento a sus desvelos y atenciones.

Lo cierto es que «Jacobo» en cuanto escuchaba los discos del fonógrafo, fueran valses o marchas militares, empinaba atentamente las orejas para no perderse nota, y hasta si te fijabas con atención se podía observar un brillo de contento en sus ojos al tiempo que un acompasado mover de cola al ritmo de la melodía. Algo así como lo que sucedía cuando, bastantes años después, se puso de moda aquello de los «exploradores», y venían los muchachos uniformados a hacer sus acampadas en lo alto de la sierra, en la explanada de la Fuente Rubeos. Estos muchachos, procedentes de la capital, traían su propia banda de música y solían hacer una parada en la plaza del mercado donde, puestos en círculo, interpretaban melodías y canciones bajo la batuta del director. Ocurría a veces que el tal director se salía del círculo, y los componentes de la banda, o de la coral —que esto también lo sé de oídas— continuaban su actuación como si tal cosa, incluso cuando el tonto del pueblo se abría paso hasta el centro del corro armado con una vara cualquiera y simulaba o creía dirigirlos, agitando la improvisada batuta al compás de las melodías, casi como hacía «Jacobo» con su cola al escuchar el fonógrafo. La única diferencia era que el que movía la vara ante los «exploradores» era un muchacho tonto, y «Jacobo» un caballo listo.

EL GATO MONTÉS

El tatarabuelo Juan Bautista Alarcón, a pesar de su afición a los caballos, no cabalgó mucho sobre «Jacobo»; aunque presumiera de joven con su amigo el médico, la verdad es que ya no tenía edad para sostenerse hábilmente sobre una silla, por pacífica que fuera la montura. Claro que el que no practicara la equitación no le privaba de dar largos paseos en su calesa, en la que acudía a las faenas del campo, en tiempos de siega o trilla, que seguía dirigiendo muy personalmente, aunque no pudiera participar de hecho como solía en sus años algo más mozos.

La pasión por la caza sí que le acompañó hasta avanzadísima edad. Se iba en su carruaje tirado por «Jacobo» hasta donde lo permitían los quebrados caminos de la sierra y, solo o acompañado, se pasaba días enteros, desde el amanecer, persiguiendo liebres, sin darse por vencido ni reconocer que sus fuerzas no eran las de antes, o acechando perdices en el puesto —esto más a su alcance—. Las liebres, perdices, torcaces y codornices eran las piezas más abundantes por aquellos contornos, donde de vez en cuando se dejaban ver algunas bestezuelas salvajes tales como zorros, ginetas y gatos monteses. Por cierto que con un gato montés le sucedió al tatarabuelo una interesante y hasta peligrosa aventura que no olvidó nunca.

Con frecuencia el compañero de cacerías del tatarabuelo era Matías, el maestro herrero, aproximadamente de su misma edad y catadura. Matías se conocía la sierra al dedillo; sabía dónde se podía encontrar caza incluso en los momentos más difíciles, y mantenía con el tatarabuelo una especie de doble pugilato que duró mientras no faltó uno de ellos. Matías fue el primero en morir, y Juan Bautista Alarcón estuvo largo tiempo afectadísimo.

La aventura de mayor importancia de cuantas les ocurrieron a los dos amigos durante sus múltiples andanzas por la sierra —el de la caza era uno de los dos pugilatos que mantenían— fue la del gato montés. La conocí muy pronto porque siempre me llamó la atención la agujereada y mal curtida piel clavada en la pared de una de las habitaciones de la casa: resultó ser de un gato montés; especie de felino poco abundante en aquellos lugares, y ya prácticamente desaparecido, de color gris humo con ráfagas parduzcas formando fajas transversales en los flancos, cuatro listas negras en la cabeza, orejas pardas y gruesa cola. El gato montés es un animal carnicero, perseguidor de aves y peligroso cuando se le acosa. La dicha piel clavada en la pared constituía el más preciado trofeo de caza del tatarabuelo, del que se sentía orgulloso a pesar de lo que le sucedió.

Habían salido los dos amigos de caza, a pegar unos tiros y traerse otras tantas liebres, pues ambos presumían de que tiro que pegaban, pieza que cobraban, y, estando uno junto a otro, bien que se preocupaban de afinar la puntería y no disparar sino sobre seguro para no perder ni un ápice de reputación, que era lo que mantenía el curioso pugilato. Lo cierto es que ni siquiera se habían alejado demasiado. Pensaban regresar a la hora de la comida y se dirigieron a los montes próximos al pueblo, donde era fama que abundaban las liebres. Fueron en la calesa tirada por «Jacobo» y, como el caballo era fuerte y voluntarioso, incluso se salieron del camino habitual ascendiendo un buen trecho por terreno poco practicable hasta que le resultó imposible al vehículo rodar ni un metro más.

Dejaron el caballo, sin desenganchar, a la sombra de un pino y, tras ceñirse sus cananas y revisar las escopetas, continuaron la marcha entre peñascos hasta un paraje en el que, según aseguraba Matías, «había liebres para parar un tren».

Apenas habían dado unos pasos cuando escucharon un ronco maullido y los inquietos relinchos de «Jacobo», que no tenía necesidad de presagiar el peligro que corría porque evidentemente estaba contemplando al gato dispuesto a saltar sobre él. El caballo, enganchado al carruaje, se encontraba indefenso, y el gato lo debía saber muy bien para atreverse a atacar a un animal tan grande, pero los cazadores, sospechando lo que sucedía, dispararon sus escopetas al aire con propósito de asustar a la bestia salvaje (probablemente enloquecida por cualquier circunstancia desconocida), cosa que resultó bien, salvo que el felino, en su huida, se topó con los dos amigos que acudían a donde estaba el caballo y, sintiéndose acorralado y en contra de sus costumbres, el gato montés, encaramado sobre una roca, parecía dispuesto a lanzarse sobre Matías que era el que más rápidamente se había adelantado en su carrera hacia el sitio de donde procedían los casi rugidos del animal que tan extrañamente se comportaba.

Matías no había recargado su arma tras los primeros disparos al aire, y el tatarabuelo, que iba detrás, metió precipitadamente un cartucho en la recámara de su escopeta, dándole apenas tiempo a cerrarla, pues el gato ya se había abalanzado sobre el herrero que, en movimiento instintivo, se tapó la cara con los brazos. Fueron prácticamente coincidentes el disparo del tatarabuelo y la caída del gato sobre el asustado Matías, que resultó con el rostro ensangrentado por los zarpazos que le propinó el felino durante sus últimos

instantes de vida, pues el precipitado escopetazo de Juan Bautista Alarcón fue milagrosamente certero aunque, a causa de la distancia desde donde disparó, la perdigonada no tuviera suficiente potencia para desviar al atacante de la trayectoria de su caída y evitarle a Matías las heridas y el susto.

Lo más grave fue que el tatarabuelo no había tenido tiempo de afianzar las piernas sobre el desigual terreno de la ladera, ni siquiera de apoyar la culata del arma convenientemente, así que por efecto del retroceso provocado por la explosión perdió el equilibrio, viniendo a caer con tan mala fortuna que se fracturó un tobillo, con el resultado de muchas semanas de inmovilidad bajo la vigilancia de don Marcos Aledo, que aprovechó la ocasión para insistirle, como siempre, en que ya no estaba en edad de cometer excesos de ningún tipo, y no pudo evitar que su amigo y consuegro Juan Bautista quedara cojo y tuviera que usar en adelante una bota provista de grueso suplemento de corcho en la suela. Esa bota, u otra que también sería del tatarabuelo después del accidente, está todavía sujeta por los cordones a una escarpia clavada en la pared de cierto rincón de la Tierra de Nadie, precisamente en las proximidades de una rústica muleta de madera que le debió servir para dar los primeros pasos de cojo, aunque luego fuera capaz de abandonarla porque era un hombre fuerte y de buen espíritu al que le incomodaba depender de nadie ni de nada.

Así resultó que Matías fue quien tuvo que ayudar a su salvador a llegar hasta la calesa, apareciendo ambos en el pueblo espectacularmente maltrechos, con el consiguiente revuelo de familiares y vecinos.

De la peripecia del gato montés pocas explicaciones dieron, cosa insólita entre cazadores, y por supuesto mi tatarabuelo jamás presumió de la puntería con que, en condiciones realmente anormales, de un solo disparo y sin otro cartucho en la recámara, acabó con aquel gato loco, ni admitió que Matías pudiera mostrarle su agradecimiento, pues cuando sacaba a relucir el tema le cortaba tajantemente diciéndole: «¿No habrías hecho tú lo mismo?» Aunque en el fondo pensara que no con tanto acierto, sobre todo contando —esto no se le olvidaba aunque no lo dijera— con que una de las recámaras de la escopeta, como queda dicho, la ocupaba un cartucho disparado que no había tenido tiempo de reponer dada la precipitación del suceso.

Yo creo que disfrutaba más por no haber sido él quien divulgara la hazaña, que una hazaña era, sobre todo por la forma en que se había desarrollado todo; lo que se dice en un abrir y cerrar de ojos. Aunque de la disfusión ya se encargó Matías, con lo que mi tatarabuelo aumentó considerablemente su ya buena fama de cazador, cosa para él muy importante.

El propio Matías fue quien, tras dejar a mi tatarabuelo acomodado en el carruaje, regresó a recoger la singular pieza cobrada en la inopinada aventura, llevándosela a Arturo, el taxidermista, que se limitó a curtir la piel lo mejor que pudo siguiendo sus indicaciones, con la idea de regalársela a su amigo para que la pusiera como alfombra a los pies de la cama.

Efectivamente, a los pocos días, durante una de las visitas que le hacía al tatarabuelo, inmovilizado por prescripción de don Marcos Aledo, que dicho sea de paso no consiguió que el accidentado permaneciera en cama más de cuarenta y ocho horas («En cama sólo están los enfermos, los ancianos y los muertos, Marcos» —decía muy seriamente—. «Que yo sepa no soy ninguna de las tres cosas, ¿estamos?»), apareció el maestro herrero con un paquete bajo el brazo.

Ya es momento de que explique cuál era la otra parte del pugilato que mantenían mi tatarabuelo y Matías: ni más ni menos que el juego de damas.

Se enzarzaban ambos en unas interminables partidas que solían durar varios días y con frecuencia se interrumpían violentamente, por el pésimo humor que se les ponía a cualquiera de ellos cuando las cosas no les salían bien, dando lugar a discusiones por cualquier nimiedad, que terminaban con el abandono de Matías, casi arrojado de la casa por el tatarabuelo, que no era ciertamente hombre de genio exaltado, pero en lo tocante a las partidas de damas parecía otra persona.

Cada vez que se producía una interrupción de ese tipo, el tatarabuelo Juan Bautista resistía cuanto podía, que no era mucho, en su propósito de no volver a jugar una partida con Matías, pero terminaba cediendo —ya digo que no era mucho su aguante— y enviando a buscar al maestro herrero como si nada hubiera sucedido, si es que para entonces éste no había acudido espontáneamente, acuciado por el mismo irresistible deseo de continuar la partida. Por cierto que, cuando se disponían a reanudar el juego, ninguno de los dos hacía la menor referencia a la discusión que provocara el rompimiento. Seguramente ni se acordaban. Lo que sí recordaban era la posición de las fichas sobre el tablero, aunque éstas hubieran rodado por el suelo durante la disputa, cosa que sucedía en la mayoría de las ocasiones.

Por supuesto que recordaban la posición de las fichas porque durante los días que persistían en su enfado los dos jugadores daban vueltas y vueltas en sus cabezas a los posibles movimientos de fichas, y hasta se ensayaban a solas ante sus tableros. Hay que reconocer que ambos eran expertísimos estrategas de las damas. Habrían hecho un magnífico papel en cualquier campeonato en el que participaran, aunque sospecho que lo que a ellos les atraía era precisamente la rivalidad que cultivaban y, sobre todo, las disputas que se originaban estando uno a cada lado de las cuadrículas blancas y negras.

La larga duración de aquellas partidas no tenía otra justificación que el hecho de que los dos contendientes eran tremendamente remisos a la hora de mover las fichas. No porque dudaran de lo que les convenía, sino porque parecían recrearse en la tardanza con intención de poner nervioso al contrincante. ¡Y bien que se ponían el uno al otro!

Matías fumaba durante cada jornada de partida cuatro o cinco pipas, cosa que no tendría mucho de particular si no fuera porque continuamente se le olvidaba aspirar el humo y cada bocanada representaba un encendido de la cazoleta tras meticulosa y lentísima preparación.

Mi tatarabuelo Juan Bautista liaba parsimoniosamente sus gruesos cigarros de picadura, contenida en una voluminosa petaca de cuero repujado; luego, con el pitillo en los labios, tardaba lo indecible en encenderlo, operación que llevaba a efecto con un chisquero del que quemaba centímetros y centímetros de mecha antes de prender el tabaco. Y como sabía lo que iba a tardar en hacerlo —al menos sabía que tardaría mucho— le sacaba un buen trozo que, humeante, despedía un fuerte olor a quemado hasta inundar por completo la habitación, como si estuvieran ardiendo trapos viejos, avivando incluso el ascua con un pausado movimiento que le imprimía al chisquero, desde la punta del apagado pitillo hasta que su mano daba sobre el tablero de damas, mientras decía una y otra vez: «Que te pillo, Matías; que te pillo, Matías...», cosa que exasperaba al maestro herrero tal y como pretendía el bueno de Juan Bautista Alarcón.

—¡Pero, vas a encender de una vez!

—Encenderé cuando me dé la gana.

—Es que estás toda la tarde dale que te pego llenando de apestante humo la habitación. No sé cómo lo soportan en tu casa. ¡Me vas a marear!

—Eso es que tienes la cabeza floja, Matías; y con la cabeza floja no me ganas, te lo digo yo. Ni con la cabeza fuerte tampoco —añadía.

—¡Qué floja, ni qué floja! Lo que pasa es que tú acabas con la paciencia del más pintado.

—Que no pareces ser tú —comentaba el tatarabuelo—. Luego presumes de aplomo.

—Bueno, bueno. Si no enciendes por lo menos juega las fichas, que hace un siglo que te toca.

—Claro, voy a mover cuando a ti te convenga, ¿no?

—Vas a mover cuando te corresponda.

—Y la ficha que quieras, ¿a que sí?

—Es que llevas ya media hora larga haciendo como que piensas.

—Ya será menos. ¿Tienes prisa?

Como dijera que sí, le contestaba el tatarabuelo que se fuera, y allí empezaba la discusión y el aplazamiento; y si decía que no, la contestación era que «el juego es el juego y hay que darle lo suyo».

No sucedían las cosas de distinta forma cuando al que le correspondía jugar era a Matías, que en eso estaban ambos a la par y pretendiendo siempre superarse.

Así que, después de lo del gato montés, con la obligada inmovilidad del tatarabuelo, las partidas eran todavía más frecuentes. Sentado en su sillón con la pierna tiesa apoyada en una banqueta estaba Juan Bautista Alarcón cuando llegó Matías el maestro herrero con el paquete bajo el brazo.

—¿Cómo te encuentras hoy?

—A ver cómo quieres que me encuentre: ¡hecho la mismísima pascua!

—No es para tanto, hombre. Total, no te sentará mal una temporadita de reposo ahí tan ricamente sentado en tu cómodo sillón de muelles.

—Te la cambio por los arañazos.

No había terminado de decir esto cuando ya estaba arrepentido. Era una cuestión de la que no quería hablar; pero Matías le contestó:

—¿Y por el susto que me llevé? Eso también cuenta, y a ti no voy a engañarte.

—Ni puedes.

—Pues por eso precisamente.

—Bueno, a otra cosa —cortó el tatarabuelo deseoso de cambiar la conversación.

—Pues, como tú bien dices, a otra cosa: te traigo un presente.

—¿Es que habéis hecho matanza? —bromeó Juan Bautista de mala gana, aludiendo al paquete y a la costumbre entre vecinos de obsequiarse con muestras de los embutidos cuando sacrificaban cerdos, cosa que solían hacer por época de Navidad.

—Matanza, lo que se dice matanza... Toma, deslíalo tú mismo y te enteras.

Le puso el paquete entre las manos, y de allí salió la piel del gato montés, todavía sin curar del todo.

—¿Qué significa esto?

—Que la tienes que colgar en algún sitio para que se oree antes de usarla.

—¿Quién, yo?

—Claro, tú lo cazaste.

El gesto de Matías hizo que mi tatarabuelo se olvidara por unos instantes de la incomodidad de su obligada postura, con la pierna estirada sobre un taburete. Estaba satisfecho por el detalle de su amigo. No obstante, sin querer manifestar sus sentimientos, le contestó:

—¿Y qué voy a hacer con esta piel?

—Yo te la he traído para que la coloques como alfombra al pie de la cama, así cuando la pises recordarás la peripecia. Es algo pequeña, pero gracias a Dios los gatos monteses no son como los elefantes, que si no...

A mi tatarabuelo le hizo gracia el chistoso comentario de Matías y, seguramente porque quería hacerse de rogar antes de aceptar lo que consideraba un importante trofeo, o tal vez de veras porque pensara que le correspondía a su amigo guardarlo como recuerdo, le dijo.

—Mejor te la quedas tú.

—No, Juan Bautista. Yo no necesito recordarlo, porque no se me olvidará en la vida, ni el susto, ni que gracias a tu puntería —que la tienes muy afinada, a pesar de lo que pueda decirte durante las discusiones— la cosa no tuvo peores consecuencias. Debes aceptarla. Te corresponde a ti por derecho y te la ofrezco de todo corazón.

—Bueno, bueno. No te me vayas a poner ahora melodramático dándole al asunto más importancia de la que en realidad tiene. —Y volvió a lo mismo de siempre—. ¿Acaso no habrías hecho tú lo mismo que hice yo?

—A lo mejor.

—A lo mejor, a lo mejor... Ni a lo mejor, ni a lo peor. ¡Naturalmente que lo habrías hecho! Pero —añadió intentando dar otro giro a la conversación— no creas que por hacerme este regalo me voy a dejar ganar la partida de damas.

—Ni hace falta que te dejes. Hasta ahí podíamos llegar. De ganarte me encargo yo.

A punto estuvieron de enzarzarse de nuevo en una de sus violentas disputas, incluso antes de empezar el juego.

El tatarabuelo no colocó la piel a los pies de la cama, sino que la clavó en la pared, en lugar bien visible. Al fin y al cabo era un importante trofeo; una pieza de las que ya se cobraban pocas y de la que siempre se sintió orgulloso, aunque no le gustara hablar de la aventura.

Por cierto que ni siquiera le dio las gracias al maestro herrero por el regalo. La verdad es que no era necesario que lo hiciera con palabras, y Matías lo sabía muy bien.

LA HABITACIÓN DE RAMÓN

Las partidas de damas tenían lugar en la llamada habitación de la chimenea, utilizada como comedor, cuarto de costura, de visitas de confianza, etc., siempre que no estaban jugando, pues cuando se colocaban uno frente a otro, tablero por medio, había que dejarlos solos. En el techo existía y existe, al menos hasta la fecha en que escribo esto, una especie de trampilla; una portezuela cuadrada de reducidas dimensiones que daba a una de las piezas de la Tierra de Nadie. Nosotros nos asomábamos por el hueco, levantando la tapa con cuidado para que no se dieran cuenta, y espiábamos lo que sucedía en la habitación de abajo. Pero esto cuando ya se nos había pasado el terror a Ramón, que fue uno de nuestros tormentos infantiles. Me explicaré:

Cada vez que alborotábamos, que no queríamos merendar —esto no era frecuente— o que sacábamos malas notas en el colegio, la tía Soledad, que era muy mayor, hermana de mi padre y soltera, nos amenazaba con que iba a avisar a Ramón, mientras señalaba insistentemente con el dedo la misteriosa puerta de la trampilla. Entonces todavía no jugábamos nosotros en la Tierra de Nadie y no sabíamos que al otro lado de la horizontal ventana del techo, como algo amenazante y permanentemente temido sobre nuestras cabezas, sólo había trastos viejos; así que Ramón fue durante

75

bastante tiempo una especie de coco que nos infundía respeto, por no decir miedo insuperable.

En cierta ocasión fuimos mi hermano y yo acompañando a mi madre a hacer una visita a unas señoras amigas suyas. Recuerdo que vivían en una casona antigua y de noble aspecto, bien que bastante descuidada por fuera, con algún balcón a medio desprender e innumerables desconchones en la fachada. Seguramente aquélla debía ser gente muy importante y adinerada en otra época, pero que por lo visto sólo se habían quedado con la importancia y las ínfulas una vez desaparecido el capital y malvendidas las fincas, o mal cultivadas, que es también camino expedito para llegar a la ruina (esto lo he oído repetir hasta la saciedad desde que tengo uso de razón y aun antes, especialmente a mi abuelo).

La casa tenía un gran portalón, abierto durante el día, que daba acceso a una entrada de buenas dimensiones, donde otra puerta, con cristales esmerilados para que penetrara la claridad y no se viera lo que había tras ella, cerraba el paso. Mi madre tiró de una cadenita y sonó una campanilla. Entonces escuchamos una voz que venía de arriba:

—¿Quién es?

Mi hermano y yo alzamos la mirada asombrados de aquella imprevista voz que surgía sobre nuestras cabezas y que nos pareció de lo más lúgubre.

—Servidora —contestó mi madre.

Yo no sé qué pensaría Juan, pero a mí me cayó como un rayo que mi madre dijera «servidora». Y ella ni siquiera miró hacia arriba, porque sabía que la voz procedía de la trampilla del techo de la entrada.

Inmediatamente se abrió, como por arte de magia, la puerta de cristales esmerilados y pasamos al interior de la casa, que olía a viejo, a humedad y a excrementos de gato, y estaba en penumbra.

La magia de la apertura era una cuerda de cáñamo manejada desde lo alto de la escalera para descorrer el resbalón de la cerradura.

Recuerdo que subimos por aquella escalera hasta descubrir dónde estaba la cuerda, y que había muchos cuadros en las paredes, y que las dueñas de la casa parecían dos momias vestidas de negro de pies a cabeza, y que quisieron darnos de merendar, y que mi madre no lo consintió, y que la criada no respondía físicamente a la voz que nos asustó, porque era gorda y fofa y un tanto sonriente con su gesto de tener autoridad para hacer y deshacer cuanto le viniese en gana y andar por aquellas semioscuridades como dentro de su propio traje, tan negro como el de las señoras que parecían momias, pero sin cinta al cuello, porque las viejas llevaban una cinta, quizá para sujetarse los pliegues de las arrugas.

Pero sobre todo recuerdo que pensamos en la trampilla del temido Ramón y empezamos a comprender que era un truco para meternos en cintura, ya que si la de la casa antigua y en penumbra de las señoras vestidas de negro servía para enterarse de quiénes tiraban de la cadena de la campanilla, la nuestra, aunque fuera más grande, tendría una función por el estilo, o la habría tenido en otro tiempo, sin los secretos ni misterios que nos querían hacer creer.

Mucho tiempo después, cuando ya nos desenvolvíamos por la Tierra de Nadie con cierta familiaridad, comprobamos que en el techo de aquellas cámaras bajas, no lejos de la vertical de la trampilla que daba a la habitación de la chimenea donde años atrás jugaba a las damas el tatarabuelo con Matías, había otra de mayores dimensiones.

Según nuestros cálculos la segunda trampilla descubierta comunicaba con la planta tercera de la casa, la que estaba doce escalones más arriba, y casi seguro con la habitación cerrada en la que no sabíamos qué había.

Nosotros intentamos empujar la portezuela con el largo

palo de una deshollinadora, pero debía de estar con pestillo o excesivamente encajada, ya que no conseguimos levantarla. Así que, ante la imposibilidad de que se hubiera usado alguna vez para lo mismo que se usaba la de la casa de la visita, continuamos teniéndole cierto respeto a ese desconocido personaje llamado Ramón, al que imaginábamos con largas barbas y un poco fantasmal; como un aparecido, una especie de espectro que protagonizaba algunas de nuestras pesadillas, mientras que al resto de los habitantes de la casa parecía tenerles sin cuidado la existencia de tan extraño inquilino.

Cuando nos atrevimos a responder un día que Ramón no nos daba miedo, porque en la cámara baja habíamos descubierto la trampilla y allí no había ningún Ramón, la tía Soledad bien que se encargó de aclararnos que la abertura de la habitación de la chimenea era para comunicarse antiguamente con el pajar, que estaba en la cámara, pero que no nos fiáramos, porque en la otra de más arriba sí se escondía el fiero Ramón, que por cierto jamás dio la menor muestra de su fiereza, ni señales de vida, salvo algún que otro ruido durante los atardeceres, sin duda producido por las ratas que debía haber a montones tras aquella puerta cerrada de la tercera planta, sin ventana ni gatera conocidas.

De forma que Ramón siguió existiendo, y a la estancia de la cámara alta (que antes nos recordaba la historia de Barba Azul y hasta habíamos pensado que tuviera algo que ver con las aventuras de Alicia en el País de las Maravillas, sólo que en nuestra casa fuera a través de una puerta que no se abría en vez de a través de un espejo como se pasara al mundo de gnomos, conejos que llevan paraguas, extraños encantamientos que aumentan y disminuyen el tamaño de las personas, y esa infinidad de etcéteras del fantástico cuento, que a mí siempre me resultó melancólico y triste a más no poder) empezamos a llamarle la habitación de Ramón; pero ya con cierta confianza o, más exactamente, menos miedo conforme se lo íbamos perdiendo a la oscuridad de las otras piezas de donde sacamos el fonógrafo, los correajes, los bocados de «Jacobo», los fusiles de madera y alguna que otra cosa que acumulábamos como botín en nuestra Tierra de Nadie. Hasta el tablero del juego de damas encontramos, ya muy desgastado, sucio y roto. Apenas se notaban los escaques blancos y negros sobre los que ponían las fichas. Supimos que el tatarabuelo Juan Bautista lo arrumbó cuando murió Matías. En realidad a él lo que le gustaba era jugar con su amigo el maestro herrero, y tal fue su pesadumbre que no volvió a tocar una ficha. Ambos habían estado ligados desde pequeños, e incluso tuvieron una almazara a medias, de la que todavía quedan vestigios en la bodega de la casa, a la que se llega por una rampa desde el patio donde están los gallineros; luego empezaron a irle bien las cosas a mi tatarabuelo y le cedió su parte de la almazara a Matías hasta que éste la cerró, porque a él lo que le gustaba era la herrería.

Parece ser que como Juan Bautista sabía perfectamente que su amigo no aceptaría que le regalara por las buenas su parte de la almazara, ideó el truco de jugársela a una partida de damas; y es de dominio público que aquella partida duró más que ninguna otra, a pesar de que todas eran eternas, siendo la primera que no provocó disputas entre los contendientes y una de las pocas que pudo ganar Matías, que llegó a sospechar, como todo el mundo, que mi tatarabuelo se había dejado ganar adrede.

Mi tatarabuelo, a pesar de ser hombre de suerte, o de habilidad, que hizo cierta fortuna, no dejó nunca de trabajar con sus propias manos en el campo, porque decía que no es sólo el ojo del amo lo que engorda el caballo.

OJOS EN LA OSCURIDAD

Con el tiempo llegamos a ascender los doce últimos escalones sin preocuparnos demasiado, ni de Ramón, el supuesto habitante de la puerta cerrada. Y esto, porque nos considerábamos mayores y hacíamos lo imposible por aguantar el miedo, y también porque tarde a tarde empezamos a convencernos de que no ocurría nada. A pesar de todo nos sobresaltaba cualquier ruidillo de carcoma, un ratón que saltara de improviso, un lejano maullido de gato, o el revuelo de los gorriones acomodándose entre las curvas tejas, ya que por ser el techo bajísimo y carecer de cielo raso sonaba estruendosamente en medio del silencio.

—Cuidado, agáchate, que está muy oscuro —me advirtió Andrés.

—Si lo sabré yo.

—No te vayas a dar con la cabeza en las colañas del techo —apuntó Santiago.

No se veía nada en la parte más extrema de aquella oscuridad. La vela, de igual forma que en la habitación de afuera resultaba inútil, porque había alguna claridad, lo era también aquí porque, entre telarañas y trastos, tampoco servía para iluminar nada.

Estábamos los cinco, mi hermano, Andrés, Pepe, Santiago y yo, uno detrás de otro, dispuestos a llevar a cabo una incursión exploratoria en el interior de la habitación sin ventana.

—Si me hubiera traído la linterna...

—Siempre dices lo mismo.

—A lo mejor ni tienes linterna.

—Ya lo creo que la tengo.

—¿Y por qué no la traes?

—Mañana.

—Sí, mañana. Y mañana dirás lo mismo.

—Mira que si apareciera de repente «el hombre lobo» —bromeó uno.

—Te podías callar, ¿no?

El sábado anterior habíamos estado en el cine viendo una antigua película en la que Lon Chaney se transformaba en lobo. En un instante me vinieron a la mente todos los monstruos de las películas de terror: Frankenstein, Drácula... Supongo que a los demás les ocurriría lo mismo. Yo quería pensar: «¡qué tontería!», pero lo cierto es que no las tenía todas conmigo.

Y, de pronto, en el rincón más oscuro, aparecieron dos puntos brillantes, como ascuas ardientes. Sin decir una palabra, aterrorizado y sintiendo que me perseguían los ojos del monstruo, salí corriendo atropelladamente, y detrás de mí los otros que ni siquiera sabían por qué huía, pero el miedo nos tenía tan tensos a todos que no necesitaban explicaciones. En cuatro zancadas llegamos a nuestra Tierra de Nadie.

—¿Qué ha sido? —me preguntaron.

—¿Por qué corrías?

Mi hermano Juan, haciendo acopio de aplomo, o de humor, comentó:

—Lo que pasa es que has querido asustarnos.

—Eso —dijo Pepe.

—¡Palabra de honor que he visto algo raro!

—¿Qué has visto? —preguntó Santiago.

—No lo sé muy bien, pero me ha parecido como... no sé. Como unos ojos que brillaban en la oscuridad.

—¡A otro con esa!

Yo me había tranquilizado un tanto y propuse:

—Bueno, si queréis volvemos a subir.

—Lo dejaremos para mañana —dijo Pepe.

—No, no. Vamos a subir otra vez.

Lo cierto es que no había escuchado ningún ruido, ni nos había perseguido nadie, así es que hice de tripas corazón.

—Yo subo. Quien quiera que venga.

—Cuenta conmigo.

—Y conmigo.

Todos estaban de acuerdo. Encendimos de nuevo la vela y, sin demasiadas precauciones, regresamos a la oscuridad.

Alumbré cuidadosamente hacia el lugar donde aparecieron los puntos luminosos y, efectivamente, allí estaban.

—¿Veis? —les dije.

—Sí.

Los puntos no se movían, ni lanzaban llamaradas, ni nada. Así que me acerqué hasta el rincón, y allí me encontré... ¡Un pájaro disecado! Estaba envuelto en viejos papeles de periódico, pero con la cabeza descubierta, por eso los cristales que simulaban los ojos brillaron reflejando la minúscula llama de la vela.

Sacamos el envoltorio hasta el rellano de la escalera.

—¡Es un mochuelo!

—Pero muy grande.

—No —dijo mi hermano—. Es un búho.

Efectivamente, era un búho cubierto de polvo y telarañas lo que nos había hecho correr escaleras abajo. Ni Lon Chaney, ni «el hombre lobo», ni Drácula, ni nada. Lo que nos había aterrorizado era simplemente un pajarraco que, eso sí, miraba con sus botones de vidrio tan fijamente como

lo habría hecho con sus ojos de verdad en cualquier noche cerrada.

—¡Vaya tontería! —dijo Santiago.

—Pues tú bien que corrías —le contestó Pepe.

—¡Toma, y tú! ¿O es que a ti no te asustó?

—Yo corrí porque corríais vosotros.

—Bueno, bueno. Lo cierto es que ahora tenemos un búho. ¿Qué hacemos con él?

—Y qué vamos a hacer —dijo mi hermano—. Dejarlo donde estaba.

—Mejor nos lo bajamos, ¿no?

Aquel búho no lo había cazado nadie. Nos lo dijo mi abuelo. Seguramente se trataba de un animal viejo que no veía muy bien, y una noche se estrelló contra el tronco de uno de los árboles de la alameda, precisamente cuando pasaba por allí él, que lo recogió con la idea de convertirlo en lámpara. Estaba de moda por aquellos entonces disecar aves para colgarlas del techo con las alas extendidas y una bombilla entre las garras, o saliendo del pico. En el vestíbulo de la casa de Andrés todavía había un águila enorme que tenía entre las patas los cables de la luz y una bombilla roja en el pico. El propio Andrés me lo recordó diciendo:

—No me negarás que es más bonita mi águila, y más difícil de conseguir.

—¿Es que la cazaste tú?

—Yo no, pero mi abuelo sí, y a tiros desde lo alto de la sierra, mientras volaba, no como el tuyo que sólo tuvo que recoger su búho del suelo.

—Tu abuelo, tu abuelo...

—A ver si te crees que con lo del gato montés me vas a achantar.

—¿Es que no es más importante?

—Lo será o no; pero un gato montés es un gato montés, y un águila real un águila real.

—Te explicas como los ángeles, Andrés —intervino mi hermano.

—Quiero decir que no son comparables.

—¡Pues dilo!

La espina del águila superior al búho nos la sacamos mi hermano y yo muy pronto, apenas al día siguiente, cuando

encontramos en el mismo oscuro rincón otro animal disecado: un loro. Es decir, el loro, porque sabíamos que en la casa había habido un loro; el de la jaula de grandes dimensiones que estaba arrumbada en la cámara baja. No le diji-
mos nada a Andrés, sino que nos limitamos a que admirara
su plumaje verde sobre fondo rojo. Tenía un buen pico, con
el que comería hojas de lechuga y granos de cereales cuando
vivía en su jaula, y estaba tan bien disecado que parecía a
punto de decir algo, porque los loros hablan como las personas.

Aquel loro lo trajo de Cuba Juan Bautista el de las
fiebres, y Beatriz estaba encaprichada de sus gracias. Supimos que solía tenerlo suelto y que acudía hasta su hombro
cuando lo llamaba; y también que se hizo amigo del caballo
«Jacobo» subiéndose a su lomo, más de un salto que de un
vuelo, porque el hermoso pájaro, como estaba desacos-
tumbrado, no podía volar; y que «Jacobo» se sentía muy
contento y se contorsionaba intentando desprendérselo sin
conseguirlo porque el lorito cuando estaba a punto de caer
daba un par de aletazos y recuperaba el equilibrio sobre el
caballo. Esto se había convertido en una especie de juego
que les divertía.

—Lorito, ¿a cómo están los huevos?

—A reeeeal, a reeeeal, a reeeeal...

Era cuanto habían conseguido enseñarle. Pero esto no se
lo explicamos a Andrés, que creía que el loro disecado había
hablado como una persona, lo que le causaba extremada admiración, tanta que apenas le dio importancia al hecho de
que jugara con el caballo como si ambos fueran dos seres in-
teligentes; y es que, probablemente, «Jacobo» recordaba
sus tiempos en la compañía de los «Pinelli» y para él era como resucitar un número de los que ejecutaban con su parti-
cipación en aquella especie de circo al aire libre.

El loro —que por lo visto no tuvo nunca nombre— pasó

a formar parte de los trastos de la Tierra de Nadie, junto al fonógrafo, al búho y a tantas cosas más que íbamos olvidando conforme aparecían otras novedades que pronto dejaban de serlo.

—Lorito, ¿a cómo están los huevos?

—A reeeeal, a reeeeal...

No era un loro muy hablador que digamos. Sin embargo, Beatriz le tuvo un gran cariño, hasta el punto de que cuando una mañana amaneció en su jaula encogido y con las patas hacia arriba, se llevó un disgusto tremendo.

El loro, el gato de Angora, el caballo... Beatriz sentía pasión por los animales. A «Jacobo» se le veía viejo, taciturno, sin fuerzas para nada, así que no sorprendió su muerte. Pero lo del loro fue distinto, de repente, como lo del gato de Angora que se ahogó dentro de una zafra que habían dejado destapada, y su ama hasta lloró cuando lo sacaron chorreando aceite por sus largos pelos blancos, pegajosos y ennegrecidos. Por supuesto aquella zafra, que debe ser la pequeña que hay en la buhardilla, no se volvió a utilizar nunca y el aceite culpable de la muerte del gato sirvió para alumbrar la lámpara del Santísimo durante mucho tiempo.

Al loro lo disecaron con propósito de conservarlo sobre el chinero, o quizás en la repisa de la chimenea, pero Beatriz no consintió en verlo muerto, con su apariencia de monigote de trapo, por brillante que fuera el plumaje, y quedó arrumbado con los trastos inútiles. Fue un trabajo perfecto el que hizo el taxidermista, claro que ni siquiera podía decir «a reeeeal, a reeeal, a reeeeal...», que era a todo lo que había llegado pese a los esfuerzos por aumentar su vocabulario. ¡Ay, si hubiera sido capaz de decir «Juan Bautista», o «Jacobo», o «¿qué tal?», o «buenos días»! Entonces sí que habríamos podido presumir ante Andrés, que todavía no estaba muy convencido de si era más importante nuestro loro que su águila de la bombilla en el pico.

86

LA BICICLETA

Nunca he vuelto a ver una bicicleta como la que teníamos nosotros. Mi padre la había comprado al dueño de la gasolinera, apodado «el francés» porque estuvo muchos años en Francia durante su juventud, sin duda ahorrando dinero para establecerse en el pueblo. La bicicleta era de tamaño mediano, por eso «el francés» la vendió al crecer su hijo y necesitar una de hombre, así que, aun de segunda mano, tuvimos nuestra bicicleta, pintada de rojo con líneas verdes, en la que corríamos por las calles y por las sendas de los huertos emulando las hazañas de Bernardo Ruiz, ídolo de la afición de entonces.

La bicicleta llevaba una placa con la marca de fábrica: «ABC», como el periódico, y debía ser irrompible, porque cuidado que nos dimos golpes con ella, nosotros y todos los amigos. Casi ninguno tenía bicicleta, y cada vez que comenzaba la «Vuelta a España», año tras año, aparecía la fiebre del ciclismo. ¡Cómo no se la íbamos a dejar a los amigos!

Pero no fue esta «ABC» la primera bicicleta que hubo en casa. Durante una de las subidas exploratorias a la cámara alta —cada vez menos tenebrosa— nos encontramos con lo que podría ser la enorme rueda de un velocípedo. Sí, lo era, según nos contó el abuelo, que decía que en algún rincón deberían estar las otras partes del artefacto, porque como es sabido en aquella casa no se tiraba nada.

Nos dijo el abuelo que el velocípedo fue otra de las excentricidades de Marcos Aledo, aquel que vino de las Américas, y también sabía que Beatriz, la que casó con mi bisabuelo Juan Bautista convirtiéndose así Aledos y Alarcones en una sola familia, había montado un día en el artilugio entre el espanto de las gallinas y hasta de «Jacobo», que se encabritó insospechadamente, ya que era un caballo de lo más pacífico. Fue la única vez que «Jacobo» se puso así y costó mucho apaciguarlo. A mí me parece extraño, porque un caballo de titiriteros debería estar acostumbrado a todo; aunque pienso que a lo mejor fue la reacción ante el temor de que su ama pudiera caerse desde la altura de aquel trasto que, con seguridad, no dominaría, ni mucho menos.

Es curioso, pero la mayor parte de las cosas que aparecían en la buhardilla alta, de una u otra forma estaban relacionadas con «Jacobo», y eso que aquello parecía un almacén inagotable de cachivaches, sin contar lo que probablemente se apilaba en aquella otra habitación cerrada que no habíamos podido abrir porque nadie sabía dónde estaba la llave.

Con la bicicleta «ABC» salía yo a dar largos paseos por la carretera, y un buen día, estando bastante alejado del pueblo, comenzó a caer una gran tormenta, por lo que mi amigo Santiago —que iba conmigo— y yo nos tuvimos que refugiar en una casa de labor en ruinas a esperar que dejara de llover. La tormenta había oscurecido tanto el cielo que parecía de noche, y entramos en aquellas ruinas con recelo.

—¿Qué, se han pinchado los caballos?

Menudo susto. Era un viejo con aspecto de mendigo el que hablaba.

Repuesto rápidamente del sobresalto que me produjeron las palabras del inesperado hombre de las ruinas, intenté descifrar lo que decía de los caballos pinchados, hasta que el viejo, percatándose de mi confusión, señaló las bicicletas.

—Ahí dentro tengo un poco de fuego. Acercaos para que se os sequen las ropas. Estáis hechos una sopa —añadió.

El supuesto mendigo estuvo muy amable con nosotros. Yo pensé que un individuo de su catadura, algo más rejuvenecido y limpio, vestido de otra forma, podría haber sido aquel cíngaro que hacía muchísimos años había llegado al pueblo con su «troupe». También pensé en Ramón, el misterioso personaje de detrás de la trampilla con el que nos asustaban cuando éramos más pequeños todavía, y hasta en alguno de los bandoleros de la sierra que había bajado a buscar provisiones.

Y es que desde hacía meses cundía la noticia de que una partida de forajidos se había establecido en algún lugar de la sierra próxima al pueblo, por lo que las autoridades enviaron un destacamento de la Guardia Civil para dar una batida. Recuerdo que, como no había acuartelamiento adecuado para ellos, los repartieron entre los vecinos que se prestaron a acogerlos. En nuestra casa se hospedó Juanico, hijo de unos caseros de mis abuelos por parte de madre, que de chiquillo había jugado mucho con ella cuando la familia se iba de temporada a la finca donde pasaban los veranos. Mi madre le seguía llamando Juanico, y así llamamos nosotros a aquel tipo flamenco y desaliñado, con el uniforme lleno de manchas.

Juanico, por las noches, al abrigo de la chimenea de la cocina, nos entretenía contándonos historias de presos y persecuciones. Era un hombre mayor y estaba dispuesto a pedir el retiro para irse de guarda a la misma finca donde había nacido, en sustitución de sus padres ya ancianos, cosa que efectivamente hizo poco después; por cierto que supimos que cuando por aquellos campos merodeaban gentes extrañas, con aspecto de maleantes, se vestía su antiguo traje de gala de la Guardia Civil, que era el único que conserva-

ba, para infundir respeto. Seguro que los que le vieran ata-
viado de tal forma no sabrían de qué iba disfrazado, salvo
por el detalle del tricornio, eso sí, porque el tricornio es in- ·
confundible.

Yo no sé si Juanico se retiró de guardia voluntariamente,
o lo retiraron, porque él siempre había padecido un defecto,
agudizado conforme avanzaba en edad, que era el de tener
los párpados caídos. Vamos, que sus ojos parecían siempre
semicerrados, o entreabiertos, que es lo mismo. Nos conta-
ron que de muchacho se echaba de espaldas en el suelo para
poder buscar nidos entre las ramas de los árboles, y era por
lo de los párpados: abría mejor los ojos estando boca arriba.

No debía ser muy grave su caída de párpados, ya que no
sólo resultó apto para el servicio militar, sino también para
ingresar en la Benemérita.

Al marcharse Juanico con su destacamento, convencidos
de que en aquellos montes no había bandoleros ni nada parecido, se dejó olvidado en casa un sucio tricornio que también fue a parar a la cámara alta con el resto de las inutili-
dades.

Cuando escampó la tormenta volvimos con nuestras bicicletas al pueblo, sin haber podido cumplir el propósito de
llegar hasta lo que llamaban el Campo de Aviación; un lugar
en el que en cierta ocasión habían aterrizado —supongo que
no sin dificultades— un par de aviones militares en los que vinieron varios oficiales, y hasta un coronel, acompañando al
héroe oficial de la localidad, nada más ni nada menos que
un paisano nuestro al que le habían concedido la Cruz
Laureada de San Fernando por su valerosa actuación en la
guerra de África. Mi propio abuelo fue a presenciar el aterri-
zaje y nos lo había contado incluso enseñándonos algunas
fotografías del acontecimiento y de los actos del homenaje
que dedicaron al esforzado soldado, que perdió un brazo en
campaña, cosa que no le impidió convertirse en profesor de

gimnasia. Creo que fue de los fundadores del primer equipo de fútbol que hubo en el pueblo, y también montaba en bicicleta casi con la misma habilidad que Benito, el hombre más lento en bici de cuantos puedan existir, pues parecía que no se movía apenas y no obstante —según dicen— resistente como nadie a la hora de pedalear, como demostró yéndose hasta Madrid a traerse tebeos para instalar un puesto. Así empezó su negocio de Prensa; vendiendo «Yumbo» y «El Aventurero». Las colecciones que yo encontré en mi casa, a través de las que conocimos a Flash Gordon, Merlín —ahora Mandrake— y todos esos personajes, seguro que fueron compradas en el puesto de Benito.

A Benito, que era abuelo de mi amigo Andrés, terminaron llamándole don Benito cuando hizo algún dinero. El puesto de tebeos inicial se convirtió en papelería-librería, y además abrió una tienda de tejidos, la mejor del pueblo, en la que trabajaban hasta tres dependientes.

Benito tenía un talismán al que atribuía su prosperidad comercial: una especie de piedra negra y brillante del tamaño de un huevo de gallina que estaba siempre colocada en un estante, muy a la vista, presidiendo la tienda con sus poderes mágicos. Todas las mañanas la llevaba el hombre en el bolsillo, y al abrir el comercio la colocaba en su sitio del que la recogía a la hora del cierre para guardarla en su casa hasta el día siguiente. Así conseguía que el negocio fuera viento en popa.

El secreto del talismán nos lo aclaró también mi abuelo Juan Bautista un día que nos escuchó hablando de la mágica piedrecita negra. La explicación no dejaba lugar a dudas: el tendero tenía que llevar el talismán todas las mañanas antes de que se abriera el comercio, así que el propio dueño era el primero en llegar al trabajo, y también el último en abandonarlo. No había mejor forma de prosperar que estar pendiente de la tienda durante toda la jornada.

LA ESPERANZA

Cuando instalaron la luz eléctrica en la cámara alta y desapareció la oscuridad, se terminó el misterio. Todo estaba a la vista. Nada nos impresionaba ya, porque además cursábamos cuarto de bachillerato y éramos mayores. Nos interesaban otras cosas. Apenas tenía importancia la aparición de la polvorienta cítara que un viajero venido a veranear en el pueblo regalara a mi tía bisabuela Beatriz. El viajero era un médico austríaco, aficionado a la botánica, que estaba escribiendo un tratado sobre las plantas medicinales de la sierra y sabía mucho de floricultura.

Ni siquiera nos parecía cosa extraordinaria el que el abuelo Juan Bautista hubiera intentado amansar a un zorrillo que encontró en el monte y se llevó a casa, donde lo cuidó hasta que tuvo casi un año, decidiendo por fin devolverle la libertad ya que no había forma de convertirlo en animal doméstico. Al abuelo le hacía algún caso, pero el pobre animal tenía que estar sujeto con una cadena porque no era de fiar.

*   *   *

Todo se ha quedado muy lejano; incluso el descubrimiento de que tras la puerta cerrada de la habitación sin llave no había absolutamente nada. Un día nos encaramamos al tejado hasta llegar a una especie de claraboya, protegida por una visera de hojalata, situada justamente en el techo de la supuesta estancia de Ramón, y comprobamos que lo que había debajo era una pequeña y destartalada pieza, groseramente terminada, en cuyas paredes quedaban los restos de lo que habían sido huecos construidos con ladrillos colocados en forma de barraca, como los que hay en los palomares.

Me resisto a aceptar que no haya existido Ramón, igual que a la simplísima explicación de que aquel lugar fuera tan sólo el antiguo y abandonado palomar de la casa.

Antes que la escalera se prolongara en sus doce últimos peldaños, poniendo aquella puerta en el rellano y adosándole las buhardillas de arriba (la cámara alta, el recinto de las tinieblas que tanto pavor nos infundía al principio), al palomar se llegaba a través de la Tierra de Nadie, por la trampilla que no habíamos podido ni mover. Así de elemental.

Ya no hubo Tierra de Nadie porque la planta baja, dominio del resto de la familia, también era nuestra y la de la misteriosa oscuridad no existía. Nos habíamos hecho mayores, y desde entonces hasta hoy mucho más.

Habría querido que la habitación cerrada guardara el secreto de alguna persona oculta —fuera o no Ramón—; de algún pariente recluido por loco, o qué sé yo. Que hubiera continuado siendo enigmática, porque siempre necesitamos cultivar el misterio, aunque quizás aquellas desaparecidas palomas, calzadas, moñudas, reales, rizadas, zuritas, tripolinas, de toca o como fueran, escaparon por lo que después fue claraboya para dejar espacio libre que ocupar con la imaginación.

Tantos años después no es posible recomponer la historia del palomar vacío, de la habitación sin llave en la que forzosamente tuvo que ocurrir algo. Y no es posible porque cuando ahora pretendo mirar, fijar mis ojos en las cámaras altas, no encuentro sino cielo sobre el solar donde estuvo la casa repleta de sucesos —contados o sin contar—, repleta de amor, de alegrías y de tristezas; repleta de vida.

Levantarán un edificio de cemento, como de sangre urgente, sin trojes, sin arreos de «Jacobo», sin polvo de lustros, sin voces archivadas durante generaciones, sin sombras de los Juan Bautistas Alarcón, sin recuerdos. Es triste.

Pero una bandada de palomas surca el cielo ante mí, exactamente a la altura en que estaba la habitación cerrada. ¡Quién sabe si volverán allí cuando se alce el moderno edificio de hormigón!

Abrigo la esperanza de que siempre habrá una habitación donde aniden las eternas palomas de la fantasía.

ÍNDICE